和三郎江戸修行　開眼

高橋三千綱

目次

本書は、集英社文庫のために書き下ろされた作品です。

和三郎江戸修行　開眼

第一章　暗闘

一

浜松《はままつ》城下を出て、馬込川《まごめがわ》にかかる橋を渡ると、にわかに腹の傷が痛み出した。中《なか》の町《まち》まで行くと痛みにもかかわらず、今度は腹の虫が鳴き出した。今朝、まだ陽《ひ》が昇る前に三人の井伊《いい》家の家臣から寝込みを襲われ、奮戦して切り抜けたものの、まだ昼飯はおろか朝飯さえ食っていなかった。

（坂本竜馬《さかもとりょうま》という土佐者も腹をすかして難渋していることだろう）

そう思って坂本の顔を思い浮かべると、何やらおかしくなってくる。あの男が井伊家の家臣をたぶらかしてただ酒を飲み、おまけに亜米利加《メリケン》の軍艦を迎え撃つために、家臣に下された書き付けまで盗んだ。そのことから、同じ医者の家で養生していた和三郎《わさぶろう》まで巻き添えを喰《く》って、あやうく命を落とすところだったのだ。

（あやつも空《す》きっ腹をかかえて京に向かっていることだろう。なんせ一文無しの

はずだからな)

坂本竜馬は存外いいやつで、夜襲をかけてきた井伊家のひとりから奪った刀を売った代金のほとんどを、迷惑料として和三郎に差し出してきたのだ。

「われにはほんまごつう迷惑かけたきな。こればあ当然じゃ。わしはなんとかなるきな、みなとっちょいとくれ」

といって四両の金を惜しげもなく和三郎の懐にいれた。断る理由もないので和三郎はいわれるままに受け取った。

笑いが込み上げてくるのは、まさに黒子《ほくろ》の中に顔があるような風貌が憎めないからである。しかし、そんなたわいもないことでニヤついていても、腹の痛みはおさまらない。縫ったはずの脇腹の傷口からは、どうやらまた出血したらしく、再び匕首《あいくち》で刺されたような疼痛《とうつう》が襲ってくる。

浜松の神社で土屋《つちや》領から追ってきた刺客の飯塚《いいづか》を斬ってから、坂本と一旦診療所に戻ったが、手当を受けたのは坂本だけで、和三郎は先生から診療所を滅茶苦《めちゃく》茶《ちゃ》にした始末をつけなさいと命じられて、片づけに一時(約二時間)ほど費やすはめになった。元凶は坂本の方にあるはずで、和三郎はとばっちりを受けただけなのだが、何故《なぜ》か診療所の先生は、襲撃を受けた原因は和三郎にあると思い込んだようなのだ。

（どうもうらは悪人ヅラのようだの。それにしても坂本竜馬というやつは要領がよい。あれは人たらしやな）

そう感心しながら歩を進めた。

船が出る刻限になったので、和三郎は街道から河原《かわら》に向かった。とたんに強い陽光が食いつくように首筋を射《さ》してきた。笠《かさ》を被《かぶ》っても、熱気が河原石から顔面に跳ね上がってくる。

幸い天竜川を渡る船は船留めにはなっておらず、和三郎は四十二文の渡船料を払って、船に乗った。川底は深く、流れはきつい。十数名の客は恐れおののきながら身を竦《すく》めている。和三郎は脇腹を押さえて、ただ顔をしかめていた。

天竜川を渡るとそこは見付《みつけ》宿である。見付宿までは浜松から天竜川を渡って四里八丁（約十七キロメートル）である。江戸から二十七番目、京都からも二十七番目の宿で、五十三次の丁度真ん中の宿にあたる。そこも五十軒ほどの旅籠《はたご》が右と左に並んでいて、和三郎はその真ん中を腹の痛みに耐えながら歩いた。

見付宿は高台にあった。およそ四、五十軒の宿が軒を並べ、立派な造りの本陣も二軒あった。和三郎は宿を足早に抜けて棒鼻の茶店に入ってようやく一息ついた。どうやら坂本が井伊家の家臣と悶着《もんちやく》を起こしたのはここらの茶店らしい。

そこから雲に向かってぬっと突きだしている黒い山が望めた。

茶店の小女《こおんな》に、

「あの山は何というのじゃ」

と、聞くと「富士《ふじ》だね」と小女はあっさりと答えた。

「富士？　あれが富士山なのか」

「んだ」

眺望がよいせいか茶店は混雑していて、座敷に上がって酒を飲んでいる旅人もいる。

「やっぱりここに来たらすっぽんを喰わなくちゃな。咥《くわ》えて離さねえのが見付の女だ」

江戸者らしい男が相棒と得意気に声高に話している。その会話を耳にした者たちも一緒になって笑い転げている。前歯の欠けたお化けのような婆《ばばあ》まで、赤い舌を出して下卑た皺《しわ》だらけの顔で笑っている。和三郎は一個五文の塩餡《しおあん》の饅頭《まんじゆう》を食いながら、夏の光に霞《かす》んでいる富士の山を眺めていた。

あれが富士か、と和三郎なりに感動していたのである。山頂は雲の中にめり込んでいて、形が見えないが、その図太さに惚《ほ》れ惚《ぼ》れするものがあった。

「富士はやはり雪をかぶっていないと雰囲気がでませんな」

そう話しかけてきたのは、振り分け荷物を置いて床几《しょうぎ》に座った若い旅人である。男は酒を飲む気でいるらしい。

和三郎は男にはとりあわずに茶を飲んでいた。そばでは褌《ふんどし》一枚の男たちが、暑い日差しの下で火をおこして餅《もち》を焼いている。和三郎が口にしたちっぽけな饅頭は、名物、と竹竿《たけざお》の先に吊《つ》るした晒《さら》しに書かれている割には格別の味はしない、それに何やら黴《かび》の臭いがする。

味気ない思いで食い終わると、隣にいた家族連れの町人の旦那に、ここらには何か名物はないのかと聞いてみた。

「わたしらは江戸から来た者でこのあたりのことには不案内でございます。ですが袋井《ふくろい》の鰻《うなぎ》はなかなかの味でした。生憎《あいにく》女房が暑気あたりで、みんな吐きだしてしまいましたが。これは不調法なことを申しました」

男の横にいる女はこめかみに膏薬《こうやく》を貼り、着ている着物の襟を後ろに下げてゼーゼーと喘《あえ》いでいる。その女を雇い人の若い男が、ふたりがかりで扇子と団扇《うちわ》で扇《あお》いでいる。

「あんたらは家族で江戸から旅をしているんか」

和三郎がさらに聞くと男はあわてて頭《かぶり》を振った。

「旅なんてとんでもありません。逃げてきたのでございます。もう江戸は黒船騒ぎで大変でございまして、大筒《おおづつ》が雷よりもすさまじい音で空に響き渡りまして、わたしどもは取る物もとりあえず、逃げ出してきたのでございますよ。今頃、江戸は大火事になっているかもしれません」

それなりの店の主人らしい町人は、よどみのない江戸弁を使った。

「大火事になっているというのは、まことのことなんか」

「さあ、そうなる前にわたしどもは店を畳んで逃げ出した次第でして。ここまでの六十里（約二百四十キロメートル）を、箱根《はこね》のお山を越え、難渋する女房を駕《か》籠《ご》に乗せて、わずか八日で参りました。恐らくわたしどもが江戸から逃げ出した最初の者でございましょう。途中で追い抜いた者もおるかもしれませんが」

ああ、そんな飛脚もいたようだな、と和三郎は熱田《あつた》神宮の茶店にいた旅の老人の話を思い出していた。思い返してみると、その黒船を目撃したという早飛脚は、宿ごとにつなぎながら昼夜を問わず走り続けたようだ。

黒船が神奈川に忽然《こつぜん》と現れたのは六月三日のことだというから、十一日前のことなる。

しかし、この茶店にいる旅の者は武家も含めて、隣にいる江戸からの家族以外は、黒船などまるで関心がなさそうにご機嫌な様子でいる。

「わたしどもには幸い名古屋にも店がございまして、これからはそちらで本腰を入れて商いをするつもりでおります」

町人の喋《しゃべ》りに飽きた和三郎は銭を置いて茶屋を出てきた。袋井宿までは約一里で、四半時（約三十分）程で宿場に入った。

旅人は旅籠の軒の影を盗みながら日光を避《よ》けて歩んでいくが、ここにも出ている遊女たちの呼びかける声が和三郎には耐えられず、仕方なく強い日差しをまともに受けて歩いたのである。

防具袋を背負って脂汗を流して歩く修行人姿の若侍を、白い脹《ふく》ら脛《はぎ》を浴衣《ゆかた》からのぞかせて客を誘う女たちや、旅の行商人や僧侶までもが物珍しそうに眺めている。

反対に和三郎の目を惹《ひ》いたのは江戸からの伊勢《いせ》参りの一行である。まだ八ツ（午後三時頃）だというのに一行は、御師《おし》の手代らに迎えられて御師の門前へと吸いこまれていく。

「お伊勢さん、ご厄介になり申す」

と十名ほどの檀家《だんか》の一行は感謝の様子であるが、その御師というのがくせ者で、自分のところに泊める一行から、供養料、神楽《かぐら》料、神馬《しんめ》料を取るという。祈禱《きとう》は確かに行われると和三郎はどこかで聞いたが、それはいい加減なもので、伊勢神宮とは何の関係もなく祈禱料も御師の懐に入る仕掛けになっている。

二

今、和三郎がまだ太陽がぎらぎらと照射してくる下を、汗だくになって歩いているのは、袋井に二人いるという医師を捜すためである。まずは、刺された脇腹の縫い口から出血していることが気になった。

宿場の者に尋ねると、大内儀之助《おおうちぎのすけ》という漢方医がいるらしい。鍼灸《しんきゆう》もよくするという。松並木を歩くうちに、小さな宿場は天橋《あまのはし》を渡るとあたり一帯は畑になった。医師の家はその天橋の手前の古板を並べた材木屋の脇道を入ったところにあった。

案内を乞うと、茹《ゆ》だった顔をした豚のような中年の男が出てきた。

「大内様ですか」

「そうじゃ。何か用か」

そうぞんざいな口調で聞いてきた。ここは医者の家ではないのか、とあきれたが、答えるのも面倒になって、和三郎は上衣《うわぎ》を袴《はかま》から引っ張り上げて右腹を向けた。医者は貼ってある薬の下に傷口が隠されてあるのに気付くと、

「異人を斬ったのか」

といきなり言った。唖然《あぜん》とした和三郎は何と答えたらよいのか分からず、ただ、頭を振った。

上がれという仕種《しぐさ》をして医者は腹を突きだして奥にいった。代わって現れたのはまだ十三、四の娘である。細い顔にそばかすが散っていてどこか狐《きつね》を思わせた。眉が吊り上がって日焼けしているが、なかなか美少女である。和三郎は草鞋《わらじ》を脱ぎ、足を洗って土間から床に上がった。

診療所で待機していた医者は、時折りゼーゼーと荒い息を吐《つ》いていたが、腕はいいとみえて、てきぱきと治療をした。

「傷口はちゃんと縫ってある。蘭方医《らんぽうい》だな。浜松で治療したのか」

「そうです」

「それで助かったな。傷口を縫えない漢方医では出血多量で死んでいたかもしれ

んな」

「そうですか」

「これで出血はとまった。あとはひと晩養生することだ。宿は決まっておるのか」

まだ日は高い。商人ならいざしらず、修行人がこの時刻に宿に入るわけにはいかない。今日は遠江《とおとうみ》田中《たなか》領五万石の掛川《かけがわ》まで行き、明日は修行人の間では名の高い藩校「徳造書院《とくぞうしょいん》」に付随する道場で稽古をするつもりでいた。それに袋井には修行人宿もなさそうだった。

返答に詰まっていると、医者は威圧的な目つきになって和三郎を見つめていた。

「掛川までは二里半だが、やめた方がいいぞ。無理をすれば血がまた噴き出す」

「噴き出しますか」

そんなわけはないだろうと思いながら和三郎は聞いた。

「噴き出す。今夜はここに泊まることじゃ。ここらの宿のほとんどは飯盛《めしもり》旅籠だ。修行人に遊女は毒じゃ。ここに泊まれ。宿賃はとらん」

遊女と聞いて御油《ごゆ》の清須屋《きよすや》のみつを思い浮かべて背中が汗ばんだ。

だが、和三郎は旅を重ねる内に少し剛胆になっていたようである。平気で医師に向かって口を開いた。

「それはありがたい。では腹の診察代はいくらですか」

「話次第じゃ」

「話、ですか」

いきなり訳の分からないことをいわれて、和三郎は随分ヘンな顔をしたらしい。いつの間にか助手を務めていた狐顔の少女が笑い声をたてた。

「明朝、話す」

それきり和三郎は放免されたが、宿から出ることは禁止された。夕刻になると、客をつかみそこねた年増《としま》の売女《ばいた》が、藪蚊《やぶか》のように寄ってくるというのである。そんなつもりは毛頭なかった。

その晩は、自ら料理屋から取り寄せた鰻を食って、和三郎は早めに床についた。そのせいか、目が冴《さ》えてなかなか寝付けず、汗を吹き出しながら何度か枕元に用意してあったぬるい茶を飲んだ。

翌朝は七ツ（午前三時頃）前に起きて、日が昇る前から野原に出て木刀を振るった。千回を振るのに半時（約一時間）ほどかかった。さすがに筋肉が張った。

医師宅に戻ると朝飯が用意してあった。膳には飯椀《めしわん》に汁と漬け物が載っただけの一汁一菜である。飯も玄米だった。

二百五十文の宿屋でももう少しましな朝飯が出るだろうと思ったが、越前《えちぜん》土屋領の田舎ではこれが普通だったので、和三郎は米びつを抱えて座っている少女に、かたじけない、といつの間にか覚えた武士言葉で礼をいって箸を取った。

待った、がかかったのはそのときである。

「飯を食う前に話がある」

そういって肥えた医師が入ってきた。下から見ると医師の顎は三重になってぶるぶると震えている。

「昨日、話次第と申したはずだが、覚えているかの」

「はい」

そう返事をしたものの、よく覚えていなかった。いや、覚えてはいたが、たいしたことではなかろうと思ってそのまま失念していた。

「おぬしにこの娘に同行してもらいたいのじゃ」

「ははあ」

と空返事をして娘をみると、澄ました顔であらぬ方を向いている。目尻が吊り上がりますます狐顔になっている。

「藤枝宿《ふじえだ》まで行く用事があってな、どうしたものかと思案していたところ、おあつらえ向きにおぬしが現れたというわけじゃ」

「藤枝ですか」

藤枝宿は大井川《おおいがわ》を渡った島田宿《しまだ》の先である。剣術稽古を申し出る処《ところ》は一応調べてあったが、藤枝宿の東には田中城《たなかじょう》があり、藩校には道場はあるはずだが、詳細については調べられないままだった。立ち合いを受けてくれるところがあれば手合わせを願おうくらいに考えていた。

もともと和三郎は通りすぎて駿河国《するがのくに》府中《ふちゅう》まで行くつもりでいた。そこは幕領であり、幾つかある道場には撃剣家がそろっているという噂《うわさ》だった。ただ、幕領にある道場では他流試合を受けないというのが妙なしきたりとして残っている。

「なに、袋井から金谷《かなや》宿までは六里（約二十四キロメートル）ほどじゃ。そこから大井川を渡るが、島田宿までは一里。藤枝宿までは島田宿からわずか二里九丁。すぐに出立すれば、今日中に着けるだろう」

医師はあっさりといった。そんな簡単に大井川を渡っていけるのだろうか、と疑問に思いながら、飯を食う合間に和三郎は、しかし、といった。

「うらは修行人ですから、城下に入れば修行人宿に泊まって、稽古を受け容《い》れてくれる道場を探します。掛川城下ではもうあたりをつけています」

「掛川城下なら一時もあれば着く。ちゃちゃっと稽古をしている間、この者たちは昼飯でも食っておる」

「はあ」

随分無茶なことをいうとあきれたが、もうひとつ大内儀之助が口にしたことの中に気になる一言があった。

（この者たち、といったか……）

茄子《なす》漬《づ》けを口にいれてちょっと首を傾《かし》げた。医師は察しがよかった。

「もう一人、連れがおるのじゃ」

そう医師がいって、爺《じい》様と襖《ふすま》越しに声をかけた。

入ってきたのは、背骨が丸くなった老爺《ろうや》である。ごま塩の鬢《びん》が薄くなっている。いまにも死にそうな老人である。ただ、濁った目に、意固地で澱《よど》んだ色合いが宿っているのが気になった。

「わしの師匠にあたる人でな、今は隠居して順斎《じゆんさい》といわれる。この娘の祖父じゃ。あ、この娘はキネという。よろしくお頼み申す」

大内儀之助医師は最後になって馬鹿に丁寧に頭を下げた。和三郎は茄子漬けを嚙《か》むことも忘れてぼんやりと三人を見比べていた。

三

袋井から掛川まで正確には二里十六丁（約九・六キロメートル）あった。老人の足はなんとなく頼りなかったが、ときおり和三郎がふたりを振り返ってみると、キネという娘は素知らぬふりであらぬ方に顔を向けたが、老人の方は粗末な菅笠《すげがさ》の下で狭い額に皺を寄せ、気遣う様子の和三郎をなぜか睨《にら》み返してきた。

（これではまるで仇《かたき》だな）

と変な感じを持ったが、老人扱いされることを嫌がる爺ィもいるから、まあえか、と和三郎は気にしないことにして歩みを速めた。

気になったのは、それだけ急ぎ足で進んでも、よれよれ気味の老人の足は、土の上をときには滑るように歩き、さらに気をつけて凝視すると、その炭のように黒く焼けた額には汗粒ひとつ浮いていないことであった。

大内儀之助が、「わしの師匠」といったからには医術の心得はあるのだろうが、老人の体臭からは薬草の匂いはしてこない。どことなく土臭いのである。

（引退してからは、土いじりをして暮らしていたのだろう。やはり泥にまみれて

耕作する者は熱射にも強いのだな)

そう思っていると、原川町《はらがわまち》に入ったあたりで道端の木陰で休んでいる旅人がいるのが目に入った。ひとりの男は行商人で、もうふたりの中年の男女は巡礼姿だった。田園風景の中、三人は並んで倒れた巨木の上に腰を下ろしている。ひとりくらいだったら座れそうなので、和三郎はその空いたところの前に立って老人に目を向けた。

休んだらどうだ、というつもりで老人を見たのだが、見返した老人の眼差《まなざ》しは険悪だった。

「わしらのことは構わんでええんじゃ」

和三郎が何もいわない内に、いきなりそういった。さすがにむっとした。医者にいわれたから、ふたりと連れ立って袋井宿を出てきたのである。邪魔ならば、何もふたりに気遣うことはない、と憤慨する気持ちが起こった。

それで半時(約一時間)ほど背後は振り向かずに、和三郎は自分なりの歩みで先を急いだ。最早《もはや》、急ぐ理由は見当たらなかったが、街道を蹴り立てるように歩いたのは、いわば意固地な老人への腹癒《はらい》せのためである。

掛川城下に入る大池《おおいけ》村にさしかかったのは、袋井を出立して一時が経《た》った頃である。大池村を抜けた先にある、二瀬川《ふたせがわ》にかかるふたせ橋を渡れば掛川宿にはいる。

ここから望める川の向こうには湿地帯が広がり、葦《あし》が浅瀬を覆っている中で、魚を取っている漁民もいる。

その背景には険しい山が聳《そび》え、そのため富士の山は光景の向こうに遮断されている。川を渡る手前は鬱蒼《うっそう》とした山に続く道があって、いったん開けた湿地帯の中を行くと、とたんに左右から喬木《きょうぼく》が挟んできて、その先は日を遮られて暗く澱んだ湿気の多い山道になっている。

方角からみると、そっちは信州《しんしゅう》に向かう道である。

道が分かれる手前には数頭の馬が繋《つな》がれていて、褌姿の男たちが馬の毛並みをそろえたり、馬に草鞋をつけたり甲斐甲斐《かいがい》しく働いている。草餅を売っている店があって、和三郎の目はいったんそちらに注がれた。

すると、その馬たちを避けるようにして、東からやってきた旅人や巡礼姿の者たちが、山麓に続く薄暗い道を登っていくのが目に入った。

（あの山に由緒ある寺でもあるんやろか）

それほど関心があるわけではなかったが、そんな風に考えたのは、この東海道を行き来する巡礼者や寺参りをする旅人の数の多さにあきれていたからである。

(信心深い人もいるだろうが、男たちはみな旅に出て遊ぶための口実だな)

和三郎の家では浄土真宗《じようどしん》の寺の檀家になっていたが、和三郎自身は先祖の霊前に向かって家族が無事でいられることに感謝をすることはあっても、それが祖父の祥月命日であっても、坊主の説教をまともに聞いていることはなかった。

背後から来る老人が「おえ」といったのは、大池村を抜けるときである。

「おめえは掛川の剣術道場にいくんじゃろ。わしらはここから秋葉《あきは》に参詣するずら、勝手にやってけれ」

「秋葉?」

「しらんのけ。秋葉山《あきはさん》じゃ」

そういうと、老人は孫娘を連れてさっさと参詣道と思《おぼ》しき山道に入っていく。

(勝手にやれ? ここで別れるということか)

と思ってぼんやりふたりの後ろ姿を眺めていると、細い体をのけぞらせるようにして、孫娘のニヤリとした顔が向こう側から現れた。和三郎はぎょっとした。

キネは振り返ったのではなく、まるで首を真後ろに折って和三郎を嘲笑《あざわら》ったかのように見えたからである。

「あ、ちょっと尋ねるが」

参詣道を行こうとしている旅姿の男女に声をかけた。ふたりとも防具袋をかついでいる色黒の修行人を振り返ると、申し合わせたように腰を引いた。

「秋葉山というのは何だ？」

「あ、ああ、あ、秋葉寺《しゅうようじ》のことですが」

四十歳くらいの荷物を肩にかついだ男は、少し脅えながらようやく返事をした。

「寺か。随分繁盛しているようだが何かあるのか」

そうしている間にも、老若男女が四人、五人と連れ立って参詣道に入っていく。

「あそこには大登山秋葉寺というお寺がございます。観音様がご本尊でございます」

「では、普通の寺ではないか」

すると傍《そば》にいた若い方の男が笑いながら和三郎を見上げた。前歯がにゅっとのぞいた。

「ですが、鎮守が三尺坊《さんしやくぼう》という大天狗《おおてんぐ》でしてね。こいつが火難除《よ》けというのでお侍様のいう大繁盛の源になっているんですよ」

天狗か、と背中の曲がった、妙に敵意を持って和三郎を見る老人の後ろ姿を思い浮かべて呟《つぶや》いた。

「ではそこまで一里ほどもあるのか」

「とんでもない。十一里（約四十三キロメートル）はありますよ。私どもはそこから御油に抜けますので二十里ほど歩きます」

「二十里。それを一日で歩くのか」

「まさか。豊川《とよかわ》で宿をとります」

御油と聞いて和三郎は胸にうずくものを感じたが、素知らぬふりで礼をいってふたせ橋を渡り出した。光が強く射してきて、やってくる旅人はみな笠の下で喘いでいる。

御油ではこれから行く掛川とはまるで違う方角である。

（あの老人はどうも油断ができない。十一里の道を秋葉山までいって、いったいどこの山道を抜ければ、今日中に藤枝まで行くことができるのだ）

と考えて、首をかしげたが、その後で何となく宙を飛ぶ天狗の姿を思い描いて失笑した。もう、あのふたりのことはどうでもよくなっていたのである。

四

掛川に入る頃になると、周囲には茶畑が目立って増えた来た。ここは五万三十七石、太田摂津守《おおたせっつのかみ》の城下で現在の藩主は太田資功《すけかつ》、寺社奉行であるらしい。この藩主はたいした人物ではないらしいが、どうも先代の太田資始《すけもと》という人がなかなかの人物で天保《てんぽう》の時代に老中になり、その後再任もされている。三十七石という半端な石高がついているのも、その人の功績のたまものではないか、と和三郎はたわいもないことを考えながら、三層四階の立派な天守閣を備えた城を眺めた。

掛川城下は城の総曲輪《くるわ》の中に宿場が入っている。それで歩いていると、武家屋敷の先にだしぬけに商家が出てくる。船問屋やその手先の廻米《かいまい》請負人もいるらしく、堅牢《けんろう》な建物が立ち並ぶ地域もある。

それでいて、表通りの裏側の路地には長屋もあってそこいらにいる職人の女房が、子供を叱っているけたたましい声が聞こえてきたりする。城下は整然としたつくりになっているが、それでいてどこか人の良さがにじみ出る宿場のような気がした。

しかし、昼前とはいえ、夏日の強さは広い道を歩いていても菅笠を射抜いて、頭の芯を直接射してくるほどである。

――このままでは、とても稽古はできんな。

下帯の中の睾丸《こうがん》の裏側も汗をかいている。

軒先の日陰に隠れている犬もバッタリと横に倒れてゼーゼーとやっている。裏の畑からさらに北へ広がる原っぱにいる数頭の牛でさえ、涎《よだれ》を垂らして、くたっとして倒れている。

とりあえず、本陣のある連雀町《れんじやくまち》を避けて、修行人宿を探して休憩することにした。藩から認可をもらっている修行人宿は、修行人からは通常銭はとらない。その領主が払ってくれるはずである。もっともそうでないところもあったのは、どこも藩財政が厳しいせいだろう。

そういう各藩の事情も十三歳を過ぎて、藩校に出入りを許されるようになってだんだん分かってきた。

もともと越前野山《のやま》藩は勉学の盛んなところで、六代目の土屋直義《なおよし》が治めていた天保年間に藩校「明錐館《めいすいかん》」を建て、藩士に蘭学を学ばせてきた。

弘化《こうか》二年（一八四五年）には六代藩主直義様は洋医学の採用を決め、領内から数名の医師を選抜して、大坂の緒方洪庵《おがたこうあん》の適塾《てきじゆく》に入学させた。それでいて領内に蘭医が表向きいなくなったのは、嘉永《かえい》元年（一八四八年）二十三歳で七代目を継いだ次男の忠国《ただくに》が発狂したからである。

忠国は「手込め殿」と家臣から噂されるほどの乱脈ぶりで、藩政を顧みることがなかった。

和三郎にはいまでも心に残っている言葉がある。

「どこの領主もいくら年貢の取り立てに励んでも、藩庫に金銀が貯《た》まることはない。減る一方なのである。なぜか。まず第一に参勤交代じゃ。これにかかる莫大《ばくだい》な費用が藩財政を苦しめている。これは譜代大名にとっても同じことである。この仕組みは御三家を除いては、どこの大名であろうが、徳川の政権下に置かれている限り、財政は困窮するようにつくられている。武家の宿命である」

そう論じたのは、蘭学を学んだこともある江戸からきた農政学者で、二宮金次郎《にのみやきんじろう》というたいした農民に心酔して、その教えを数年間にわたって受けたという猪《いのしし》のように固い肉をした無骨な人だった。名は大川《おおかわ》ナントカといった。名前は覚えていない。

だが、そのはっきりとした論説に和三郎は衝撃を受けた。

一年半前のことで、和三郎のような次男、三男の部屋住みの者を対象とした講義に出席したときに聞いた言葉だった。他の者たちは、百姓が何を偉そうにほざきやがる、とその学者を蔑んでいたが、和三郎はその一時ほどの講義の間、頭の中が渦の巻きっぱなしだった。

たった一度受けただけの講義であったが、旅でみる各領の貧しさ、武士のいじきたなさを見るにつけ、その大川といった講師の言葉が胸に浮かんだ。

大川 某《なにがし》が越前土屋領にいたのはわずかの間で、どうやらその講義の内容を聞いたお偉方が幕府に遠慮して学者を追放してしまったようだ。

彼は日光《にっこう》の方に向かったと随分あとで和三郎は耳にしたことがある。

それから和三郎はたびたび考えることがあった。

——では何故、参勤交代をなくさないのか。

——将軍家が各領の領主に無駄な金銭を吐き出させることで忠勤を励ませ、その実、反抗できないほどの財力にし、兵力を減退させるのであれば、各藩主はどうしてそれを阻止しようとしないのか。

——なぜ、どこもてんでんばらばらになって、ただひたすら将軍家の命令に従っているのか。

——それでは、どこの藩もいずれは破産する。

和三郎の考えはいつもそこで終わった。そして悶々として道場にいくのである。

ただ、道場の仲間の市村貫太《いちむらかんた》にもその悶々とした理由を説明したことはなかった。

安酒を飲んでご機嫌になっている貫太を見るにつけ、この男に話しても無駄なことだ、とどこかあきらめていたふしがある。

中町《なかまち》の問屋《といや》街《まち》を抜けると宿が並んでいる通りに出た。ここには本陣、脇本陣のほか、宿が三十軒ほどある。修行人を受け入れる宿はすぐにみつかった。

出てきた番頭に、

「泊まるつもりはないんや。できれば昼飯を用意してくれ」

というと、時刻も中途半端だったとみえて、角ばった顎をした蟹《かに》のような無骨な番頭は露骨にいやな顔をした。それでも修行人だということでむげに断ることはできず、朝の残りだが昼飯は出すといった。和三郎は下女が運んできた盥《たらい》の水で足を洗って二階に上がった。

そこで足を投げ出していると、主人とおぼしき丸まった体をした愛想のよい男が上がってきた。番頭の方が威張っている宿も珍しい、と和三郎は妙なことに感心した。

「藩道場で稽古がしたい。取り次いで下さらんか」

和三郎は荷から手札と武名録を取り出して主人の前に置いた。修行人宿はたとえ相手が若い武士でも一目おくことになっている。すぐに和三郎の頼みを聞いて藩道場に取り次ぐといった。

「よろしくお頼み申します」

どうやらうらの武家言葉もちっとはさまになってきたようやな、とこそばゆい思いでそう頼んだ。小狸《こだぬき》に似た主人は、恐縮した様子で畳に額をすりつけた。

主人が階下に降りると、やがて無愛想な番頭が使いに出た。開け放たれた雨戸には簾《すだれ》がかかっているが、その隙間から番頭の背中がいかにも面白くなさそうに膝を開いて着物の裾を蹴りたてて歩いていくのを、和三郎はほくそ笑んで眺めていた。

すると、下女が昼飯を運んできた。番頭がいった通り朝飯の残りらしく飯は冷たかった。和三郎は名物の掛川茶で茶漬けにして飯を流し込んだ。

一息ついていると、主人が部屋にやってきた。どことなく不安そうに揉《も》み手《で》をして廊下に座ったが、顔のつくりが剽軽《ひようきん》に出来上がっているので、困惑しているようには見えない。

「実は昨日もある藩のお武家様が、留守居役様の紹介状を持たれて藩道場にいかれたそうなんですが、藩道場では師範の先生も師範代の方もみんなお城に詰められて、修行人のお相手はできかねるといわれて戻ってきましたですだ」

「そうか。太田家でも断りましたか」

それが、浦賀《うらが》沖に出現した亜米利加《メリケン》の戦艦のせいだと分かっている。それに備えて何がしかの防御策が検討されているのだろう。もうすでに坂本竜馬がいったように派兵命令が幕府から下されたのかもしれない。

しかし、和三郎はそのことには触れずにいた。すると主人が思いがけないことを口にした。

「お江戸では黒い煙を吐く蒸気船だと騒いでおられるようですが、六月の初めに駿河湾沖を通る外国船を見た漁師は、船は恐ろしくどでかいもんじゃったが、どれも幾重もの白い帆をいっぱいに張って沖を走っておったと申しております」

「蒸気船ではない？　帆船ということか？」

「そういうことになりますね。ただ四隻の軍艦らしきものは見たこともない雄大さで、まるで富士の山が動いているようだったとおったまげておりましたずら。漁師どもは五十年も前から外国船を見ておりますだが、あんな大きな船は初めて見たと申しておりましたです」

うん、と和三郎は浮かない顔で頷《うなず》いた。

掛川で稽古ができないとなると、次は金谷になる。金谷には旅籠が五十軒もあり、戸数も千を超えると旅案内書に書かれていた。

だが、金谷は幕領であり、剣術道場に通う多くの藩士は浦賀か品川《しながわ》、あるいは江戸に向かってしまったと思われる。

それに旅籠が多いのは当然で、大井川を渡る遠江側の渡渉地となって栄えているのである。剣術稽古をしている者など目もくれない土地柄である気がしている。

主人が階下に降りると、和三郎は半時ほど眠った。起きると番頭が戻っていた。番頭は藩役人を伴っていた。

和三郎は役人に手札を見せ、武名録も渡した。了解した役人は、硬い口調で、

「本日、藩道場のひとつ、鈴木《すずき》道場にて三十数名の者が勤務を終えた八ツ過ぎには集まり稽古に励む。そこにこの武名録を持参してこられたし」

といった。若輩者の和三郎はヘヘッと頭を下げた。役人に修行人だと認められれば、たとえ安い昼食といえども太田藩が支払ってくれることになっている。

番頭の案内で、防具袋を持ってその時刻にいって待っていると、十歳くらいの子供たちが稽古着を着て集まってきた。和三郎と同年代の指導者が十名ずつを相《あい》対峙《たいじ》させて掛かり稽古をやりだした。みななかなか元気がいい。

「お願いできませんか」

と頼まれて、和三郎は少年たちの受けに回った。気のない打ち込みを続ける者

がいたので、竹刀《しない》の先をしならせて抜き面を打ったら少年はその場で昏倒《こんとう》した。

面をはずすと、口から白い泡を吹いている。

「これは少しやりすぎました」

目を回している仲間を取り囲んで見下ろしている少年たちは、口々に何かを叫んでいるが、どうやら全体的に、「いい気味だ」といっていることが分かった。この少年は嫌われ者だったらしい。

「気になさらんで下さい」

と指導者は和三郎に向けて笑顔でいった。

「おぬしらもふざけてやっているとこうなるぞ」

といって、数名の者にまだ失神している少年を道場の着替え室に運ばせた。

そうこうするうちに、掛川藩士も道場にやってきた。最後に道場主の鈴木半《はん》右衛門《えもん》といわれる四十半ばの口ひげを生やした山羊《やぎ》のような顔をした人が入ってきた。和三郎は道場主に丁寧に挨拶をして武名録を提出した。それをパラパラとめくった鈴木半右衛門は「一刀流か」といった。

「は。黎明館《れいめいかん》の武田甚介《たけだじんすけ》師範のもとで修行させていただいております」

「わしも小野《おの》派一刀流をたしなんだことがある」

そういってから道場主は稽古着に着替えて壁際に座っている弟子をひとわたり見渡した。

「宗像太三郎《むなかたたさぶろう》。おぬしはもう用意できているじゃろ。お相手しろ」

道場主にそういわれて立ち上がったのは、先ほど少年たちを指導していた同年輩の者である。

――ほう、これはどういうことやろ、試合でもやらせる気かの。

どこの道場でも審判を置いての一対一での他流試合はしなかった。道場のきまりで他流の者との稽古はいわば地稽古で、何人かの者が対面して横一列に並び、それぞれ向かい合った者と勝手に打ち合う方式だった。相稽古ともいっていたが、要するに、審判がいて他の者の前で勝敗を言い渡すわけではない。

相手の技量が分かるのは打ち合った当の本人たちだけで、横でやっている者には修行人の実力がどれほどのものか、それとなく推し量るほかはない。道場主と、相稽古に参加していない師範代だけが、修行人の技量をどれほどのものか見極めているのである。

だから、宗像という者とふたりだけで立ち合うことになったときは、いささか緊張した。少年たちのキラキラした眼差しと、太田藩士の生臭い目玉がいっときにこちらを見つめているのである。そこには通常の地稽古では味わうことのなかった、敵意さえ感じられた。

宗像を相手に和三郎は続けて三本を奪った。宗像は下手ではなかったが、他流の者と試合する竹刀さばきはまだ持ち合わせていなかった。

師範代が中に割ってはいって試合を止めた。和三郎はほっとした。手加減することは無用である。といって、このまま試合を続けることもはばかられたのである。宗像から一本取るたびに、子供たちのがっかりした顔が目に入っていたせいもある。

続けて藩士たちとの相稽古になった。二十八名の者と立ち合ったが、これという剣士には出会わなかった。和三郎はなんだか味のない寒天を食わされた思いで鈴木道場をあとにした。道場主はずっと座ったままでいた。小野派一刀流をたしなんだことはあるといったが、現在の流派は口にしなかった。

五

道場の裏手にある井戸端で、道場の者に混じって汗を拭っていると、先ほど立ち合った宗像が笑顔で寄ってきた。

「恐れ入りました。本物の一刀流の一端を見た思いです。未熟モン相手に申し訳ないことをいたしました」

悪びれることなく、そういって、稽古着を脱いで上半身裸になると、手拭いを水に浸してごしごしと体を洗い出した。

「岡《おか》さんは江戸で修行をされるんですね。いいなあ。君命で武者修行にいくなんて夢のようです」

気のいい男なのだろう。頭から和三郎が土屋家から修行を命じられた修行人だと思い込んでいる。もっともそう思うのが普通なのだ。

——実は脱藩を命じられての旅なのだ。修行人は仮の姿なんや。

そういったらこの男は腰を抜かすだろう。

和三郎はただ、にやにやしていた。

「今日は掛川泊まりですか」

「いや。日坂《につさか》を通って、金谷から大井川を渡り島田まで行くつもりや」

「そうですか。実は岡さんさえよろしかったら、『知方組《じかたぐみ》』の者たちに稽古をつけてやってもらえませんか。大きな声ではいえませんが……」

そこまでいって宗像は和三郎の耳元に口を寄せてきた。

「ここに通う藩士の者よりずっと骨っぽい連中です」

そばに数名いる道場の者たちをはばかるように宗像は声をひそめた。

和三郎は気にせず大きく頷いた。

「それは喜んで参加します。道場はどこやろ」

「ここから半里ほど東にいった遠江の榛原《はいばら》郡にあるんです。ただ、もう少し日が傾かないとあの者たちは集まらないんです。道場も板張りでなくて筵《むしろ》敷きなんですが」

「夕方になるということか」

するとと今日中に大井川を渡れなくなる。

——まあ、それでもいいか。

目ばかり剣呑《けんのん》な光を宿した老人と狐顔の孫娘の様子が浮かんだが、夏の光の中ですぐに溶けていった。

何の用事があって藤枝まで行くのか知らないが、向こうの方で同行を迷惑がっているのだから、あえて医者に頼まれた一宿一飯の義理を果たす必要はあるまいと考えていた。

「もし泊まるようなことになれば、こちらで宿を手配しますが、いかがですか」

「そのときはお頼みします。でもなんで夕方から稽古するんや」

通常は朝か、遅くとも八ツ半（午後四時頃）には稽古をする。

「はあ、あの連中は知方組の者なんです。これは知識の知に方と書くんですが、もともとは地面の地から出ているんです」

「地面の地。地方《じかた》やな」

「ええ。農村で働く者たちなんです。百姓の軍団です」

浅黒い顔から白い歯が覗《のぞ》いた。うらと同じくらい焦げておるな、やはり女子《おなご》には縁のない質《たち》やろうと和三郎は宗像に好意を抱いた。

——同病あい憐《あわ》れむ、ちゅうやつかもしれん。

とも思った。


体を拭うと、ふたり連れ立って道場を出た。どこにいったのか、他の藩士はすでに姿が見えなくなっている。町をいく者は家の庇《ひさし》や木陰を盗んで強い日差しを避けていくが、ふたりは菅笠だけをかぶって早足で歩いた。

和三郎はいったん旅籠に寄り、荷物をとって再び宗像と肩を並べて歩いた。無愛想だった番頭が訝《いぶか》しげな四角い顔で見送ってくれた。

「長兄は今江戸におります。お上の太田様が三年前に寺社奉行を拝命しまして、それで徒士目付《かちめつけ》をしていた兄の長一郎《ちょういちろう》に白羽の矢がたちまして、向こうで小検《こ》見《み》の役をしております」

「それはたいした出世だ。小検見といったら町奉行でいう与力《よりき》格ではないですか」

江戸で与力といえば、四万三千石の土屋家とは違って、新顔でも百二十俵の俸《ほう》禄《ろく》がある。古参になればその倍はもらえる。

うらは銭には少々敏感すぎるかもしれん、と思いながら、和三郎はふんふんと鼻を鳴らしていた。

「はい。長兄は私と違って剣術が達者で正義感に溢《あふ》れた男ですから、捕縛方にはうってつけです。私とは十六歳も違うのです。すぐ上の兄は郡奉行《こおりぶぎょう》の下で代官手代をしているんです。主に東手を任されているので、私も手付として昨年の春から兄の手伝いをするようになったのです」

「それは偉い。うらなんぞ、兄の冷や飯食いや」

「いやあ、それほどのことではありません。まだ見習いですから、わずか五俵です」

「年五俵ですか。そうですか」

　安い、と思ったがさすがに口にはしなかった。一俵には三斗五升の玄米が入れられる。昨年の嘉永五年（一八五二年）だったら、全部売り払っても二両程度にしかならないだろう。

　宗像太三郎はにっとして和三郎を横目で見た。

「安いでしょう。でも、掛川藩の伊豆《いず》国の飛び地には、一俵武士が三十六人もいるんです」

　七曲《ななまが》りを過ぎるとあたりは茶畑になった。夏の光を浴びた茶木の葉は、微《かす》かな風に揺られながら濃緑の輝きで夏を弾《はじ》き返している。

「太田領は東手、中手、西手とだいたい三つの支配区分に分かれていましてね、石高はそれぞれ一万四千石程度なんです。他に山間部の山手と飛び地の伊豆があるんですが、そちらは村役人がやってます。次兄が代官手代を務める東手は大井川を挟んだ駿河国志太《しだ》郡の村々や遠江郡に属する村を支配しているんです」

「大井川を挟んでいる？　すると島田宿も太田領に入るんかいな」

「島田宿は幕領ですが、周辺の村々、阿知ヶ谷《あちがや》、尾川《おがわ》あたりまで東手の郡奉行の手付が回っています」

「じゃあ、川の手前の日坂や金谷もそうやろか。あそこは幕府にとっては西からの護《まも》りの要やろ」

「その通りです。日坂宿も金谷も要所ですから幕府の管轄下に入っています。でも周辺の村は東手と中手の管轄になっているんです。お上は譜代大名ですから幕府とは密接なんです。あの遠くに霞んで見える峠が難所の小夜《さよ》の中山《なかやま》で、日坂宿は手前の西坂《にしさか》にあって、こっちから古宮町《ふるみやまち》、下町《しもまち》、本町《ほんまち》と続いています。あ、そうだ、夜泣き石伝説で有名な久遠寺《くおんじ》も街道沿いにありますよ。ご存じでしょ、夜泣き石伝説」

「いや、知らんなあ」

「そうですか。それはですね……あ、もう集まっている」

街道から入った小高い山に続く道に農家が数軒並んでいる。その内の真ん中の比較的大きな農家に人が数名出入りしているのが望見できる。

「薗ヶ谷《そのがや》村の者たちです。みんな『薗ヶ谷知方組』の者たちです。岡さんの剣術を目の当たりにしたら連中仰天しますよ」

案外にしゃべり好きなやつだな、と思って宗像を見ていたのだが、最後のその一言は和三郎をよい気分にさせた。なんだか師範になった気がして得意になっている己が出現したのである。

案内された道場は土間に筵を敷いただけのもので、硬く踏み固められた土の部分はむき出しだった。広さは十坪ほどで、そこに二十名の男たちが入ると人いきれと湿気で蒸し風呂にいるようだった。藁葺《わらぶ》きの天井は高い所に梁《はり》を渡されていたが、八ツ半時の酷暑の下では暑さ対策の工夫もたいした役には立たなかった。

そこで和三郎は野良着や粗末な道着をつけた二十名を相手に、相稽古をつけた。次々に相手を変えるのであるが、脇腹の傷がまた時々痛んで、存分に竹刀を振るうことができず、しまいには受けに回る技を出すことが多くなった。

それでも「知方組」の者たちは十分に満足したようで、さすがに武者修行に出る人の技量は凄《すご》いのう、と感心しきりだった。

「ここの流派は小野派一刀流なのやろか」

稽古のあとでそう尋ねると、土間に座った者たちは互いの顔を見合わせて照れ臭そうに首をかしげた。

宗像が代わって答えた。

「いや、実はみな流派なんてものは知らんのです。指導に当たる人が一刀流であればそれを習い、新陰流《しんかげ》といわれれば型を習います。神道無念流《しんとうむねん》を習った者もいれば、二刀流をよくする方から一日だけ教わった者もいるのです」

「おらは仙人から教わったことがあるんだ」

頬骨の突き出た二十歳前の頑丈な体つきをした者がいった。

「握り飯二個でええ技を見せてくれただ。畑に転がっていたどでかい岩を木刀で真っ二つに割ってよ。爺さんたちは腰抜かしておった。おらは中村一心斎《なかむらいっしんさい》先生の弟子になっただよ」

「何が弟子じゃ。五助《ごすけ》は何十回も打ち込んでもかすりもしなかったじゃねーか」

「そ、それは先生が仙人の生まれ変わりだからじゃ」

隣にいる者がその男を、こいつといってどついた。仙人と聞いて、なぜか和三郎は浜松の神社に忽然と現れた老剣士を思い浮かべた。坂本竜馬は、あんな変な剣術遣いは江戸に出ればなんぼでもおるといっていたが、和三郎にはそうは思えなかった。

「ま、このようにそれぞれ旅の剣術遣いから教わり、勝手に師範や流派を名乗っているのです。みな貧しいので礼金は出せませんが」

そうですか、と答えながら、和三郎はこの中にひとりだけ太刀《たち》捌《さば》きが異なる者がいたことを思い出していた。青眼に構えることもせず、八相《はっそう》とも下段とも違う、いわば剣先を見せずに打ち込んでくるからみつく剣だった。

その者の顔は特徴がなく、どこにでもいるむっつりとした百姓顔で、印象といえば、目鼻立ちが奥まっている感じだけが残っている。

ところがここにいる者を改めて見回したが、その男はいない。いついなくなったのかも気付かなかった。

違和感をもったのはその男から、土屋領の勘定奉行邸を出立の早朝、襲ってきた刺客と同じような臭いを嗅ぎ取ったからである。それで和三郎は何気ない風をよそおって、その者のことを誰ともなく尋ねた。

「ああ、あいつけ」

と窪《くぼ》んだ眼窩《がんか》を持つ四十くらいの者が口を開いた。

「三日くれえ前にやってきただよ。為吉《ためきち》爺さんの畑を手伝っているだが、鍬《くわ》を持つよりやっとうを持つ方が熱心なやつじゃな」

「溜池《ためいけ》を掘るやつだと為吉爺さんはいっておったが、そんなのやっているの見たことはねえな。ここらは溜池が頼りだに、助《すけ》っ人《と》はありがたいんじゃが、あの男はどうかな。また旱魃《かんばつ》に見舞われたらお手上げだで」

それから話は掛川藩の灌漑《かんがい》用水の不備や不作による村人の飢餓《きが》状態や貧しい村

の事情に移った。何度も一揆《いっき》が起こったのも、現藩主の体制になってからの無策に対して、腹をすかした村人が訴えを起こしたものであるという。

ことに遠江国は米作の中心的役割を担わされており、前藩主の太田資始は不作に備えて松の皮を食用にする方法を各郡に伝えたが、それらはほとんど食用にはならなかった。毒だという者もいたほどである。しかし、太田資始は善政を敷いたと認める者が多かった。

現藩主の資功になってからはむしろ百姓に対する取り立ては厳しくなり、山にある痩せた畑にも良田並みの収穫高を計上して租税を課した。

「もう一揆寸前だっただよ。だが、そこに出てきたのは庄七《しょうしち》さんでな、この人はえれえ人で、ほれあの二宮金次郎さんのお弟子さんじゃよ」

「ほう、二宮金次郎さんか。尊徳《そんとく》さんだな、いま日光におられるという」

和三郎がそういうと、今度は宗像太三郎が相槌《あいづち》を打って身を乗り出してきた。

「そうです。岡さんはこのあたりのことはご存じないでしょうが、報徳社《ほうとくしゃ》というわば村おこしの運動が盛んになったのも、この安居院《あぐい》庄七さんが村人を励ましてできたことなんです。今から六年ほど前のことですが、まず下石田《しもいしだ》村の神谷《かみや》という人が庄七さんに共鳴して下石田報徳社をつくった。それから掛川城の北に位置する貧しい倉真《くらみ》村の村長、岡田佐平治《おかださへいじ》が続いて牛岡《うしおか》組報徳社を起こした」

そこで宗像は水を飲んだ。

「岡田は私もよく知っている人ですが、とかく働き者で暗くなっても木の根を起こして開墾していた人です。人徳者でもあります。自腹を切って近在の村に報徳運動を示唆しました。それから報徳社はあちこちに広がり、いまではここの村も含めて二十を超えています。藩に仕える者がいうことではないのですが、無策の藩政策に対して彼らの行動は実に理にかなった教えから出ているもので、その日の食い扶持《ぶち》にも困っているのですから、その働きはいわば命がけです」

和三郎もそこにいた知方組の者たちも、宗像の立て板を流れるような喋りに聞き惚れて、口を挟めなくなっていた。

「で、その教えというのはどういうものなんやね」

「七踏、七転、七糞です」

「糞?」

「肥料がなければ作物は育ちません。家畜の糞でも何でも集めて肥料にするのです」

「で、その結果どうなったんや」

「まだ、これからです。ただ、荒廃から立ち直る兆しは見えています。今、倉真村の岡田佐平治はもっと具体的な教示を受けるために、日光にいる二宮尊徳さんを訪ねています」

「それはすごいことやな。うらの野山藩も山ばかりで畑が少ないんや。四万三千石というているが、実質収穫は三万五千にも満たんやろ。他人事《ひとごと》ではないんや」

その上、藩には内紛が起こっている。そのため部屋住みの和三郎まで命を狙われたのである。その黒幕が本当のところ誰なのか和三郎には未《いま》だに分からない。藩主の返り咲きを狙う偉い人が、小納戸役《こなんどやく》の三男坊に刺客を送るわけがないのである。その間には誰かがいる。

「岡さん、もう夕飯でしょう。旅籠に戻りますか」

和三郎はとっくの前から空腹を感じている。

「いや、今日はこのまま日坂にいって宿をとります」

「だが、あの長い坂道をこれから越えるのはきつい。だれか岡さんをお泊めしろ」

「んだら、おらんところにすべい。すぐ隣じゃからな。それにもっと剣術の話が聞きたいけ。おらたちは百姓だが、この土地を守る兵士でもあるんじゃけ」

すぐ目の前に座った仙人の弟子だという眼窩の窪んだ男がいった。ありがたい、と腹の鳴る音を聞きながら和三郎は頭を下げた。

六

翌朝早く、五助という知方組の者の家を出た和三郎は、日坂宿を過ぎたところで、どこからか現れてきた老人とその孫娘のキネと不意に出会った。

「どこをうろつきおったのじゃ。えらい待ったぞ」

そう爺さんは立腹していたが、そんな風にいわれる覚えはないと、和三郎は相手にせず、さっさと先に立って歩き続けた。この老人は単なる元医者ではないと疑《うたぐ》っていたせいもある。といって、何者かを詮索するつもりも毛頭なかった。

金谷をすぎるとそこはもう大井川である。喉の渇いていた和三郎はまず河原石の続く河原の手前に、いくつかの掛け茶屋をみつけてそこに向かった。

和三郎が入った掛け茶屋の屋根は、渡した棒に乾燥した茅《かや》が石置き竹に押さえられている簡単なもので、周囲は繋ぎあわせた葦で囲ってある。そこに二人の武家と旅の行商人と女連れの巡礼が座っている。武家の供の者は掛け茶屋の外の熱した河原石に、菅笠を被って茹蛸《ゆでだこ》のようになって座っている。

ひとまず和三郎と老人と孫娘の三人は、島村《しまむら》と呼ばれるあたりから川を越すことになった。だが、いつでも冥途へ旅立つ用意ができているはずの老人は、素直に掛け茶屋で休もうとはせずに、未練がましくそこいらの大明神に参拝していた。

気がせいていた和三郎はさすがにいらいらしたが、さらに老人は川越祈願をしたあと、急にぜーぜーとやりだし、それで仕方なく、和三郎に従う形で、ひとまず粗末な掛け茶屋に腰を下ろした。

そこから見る大井川の河原は広くて眩《まぶ》しいばかりである。

大井川には数多くの旅人が出て、川越《かわごし》人足に促されるまま、心細げに肩車越しで渡っていたり、蓮台《れんだい》に座りながら、振り落とされまいと踏ん張っている武士もいる。

目を転じると高蓮台に乗って、十数名の川越人足に命を預けているどこぞの姫君らしい着飾った娘もいる。どれほど可愛《かわい》いのか、興味を持ってその娘の容貌を見定めようと目をこらして見たが、川面《かわも》にたつ波風に遮られてはっきりと分からない。

越前野山では二年前の秋、土屋家の姫と呼ばれる方が駕籠に揺られて先祖の墓前に参る行列を見かけたことがあるが、その姫様の名前も年齢も和三郎は知ろうとしたことがない。

――菊《きく》だったか、百合《ゆり》だったか、たしか花の名前がついておったな。

今思いだそうとしてもその程度のことしか浮かんでこない。ご尊顔を拝むことがなかったのだから、それも無理はないと自分で納得した。

川の北方には黒い富士山がにゅっと突き出ている。よく見ると山の側面は、噴火で作られた痕跡があって、がけ崩れが起きたのか、天から巨大な鍬で打ち据えられたようにえぐれている。それに真っ黒だと見えていた山の頂には真夏の陽炎《かげろう》に打たれながらも、しぶとく溶けずに残っている雪がある。

歌川広重《うたがわひろしげ》の描いた浮世絵とは少し様相が違うようだ、と世情とは無関係に悠然とそびえている富士山を眺めながら、さて、これから一体どうしたものかと和三郎は考えていた。

先のことに想《おも》いをはせると、今まで起きた突拍子もない出来事がまず頭を巡り、それらの事象が動く絵となって、ゆっくりと回転しだすのが憂鬱なのである。

あの刺客の狙う相手が、本当のところ誰だったのか。それすらいまだに判然としないのである。自分は敵の目をくらますための身代りではなかったのか、ということも水ノ助《みずのすけ》の言動で察しがついてきた。ともあれその刺客をようやく斬り捨てて、追われる者としての憂いはとりあえず消えたが、同時にこれから江戸に行くことの意義が見失われたようにも感じているのである。

国許の武田道場の師範代、原口耕治郎《はらぐちこうじろう》の仇討《あだう》ち名目のひとつは一応これで果たしたことになる。

表向き、原口の妹沙那《さな》の助太刀《すけだち》の使命を帯びての旅立ちではあったが、その原口を殺したとされる飯塚と名乗る刺客と、その手下四名を討ち果たした今は、さらにその奥にいるはずの黒幕と思しき者を探し出すのが使命といえば使命なのだが、その命令を江戸行きを命じた勘定奉行の森源太夫《もりげんだゆう》からも、元筆頭家老だったお年寄り、田村半左衛門《たむらはんざえもん》からも受けているわけではない。

それに何も知らない原口の妹は、兄の四十九日をすませたら江戸に仇討ち赦免状をもって向かう手筈《てはず》になっている。だが、その討ち果たすべき敵《かたき》の頭《かしら》、飯塚某はすでにこの世にいないことをどのようにして知らせたものか、脱藩者の和三郎にはその手立てがないのである。越前野山藩土屋家とは、全ての連絡網が断ち切られている。

もうひとつの密命、土屋家八代目の現藩主土屋忠直《ただなお》公の嫡子直俊《なおとし》様をひそかに護る役目をお年寄りから言いつかったが、それも脱藩の者という立場にある和三郎には困難なことだった。そもそも表立って藩邸に入ることができないのである。

——つまりは、江戸に入ったあとは、まず修行人らしくどこかの道場に入門する。そして道場に通う手練《てだれ》の剣士の技量を国許に報告する。

だがそれは身内をたばかる仮の姿で、真の目的は、江戸家老や留守居役など、上《かみ》屋敷の動静を探りながら、密《ひそ》かに直俊様を亡き者としようとする魔の手からお護りせよということか。

たかが小納戸役七十石の弟の冷や飯食いにできることではない。もっと他にも適任者はいる。なんせ土屋家には二百六十名、陪臣や足軽など軽輩の者を加えれば四百余人が城に仕えているのである。しかも一刀流の剣術だけでなく、城下には直《じき》心影流《しんかげりゅう》、神道無念流、今枝流《いまえだりゅう》、義経流《ぎけいりゅう》などの道場がそれぞれ一家を構えている。弓術では日置流印西派《へきりゅういんざいは》があり、本間流《ほんまりゅう》槍術《そうじゅつ》、長谷川流《はせがわりゅう》砲術に入門する者も増えてきた。武道が盛んな領土なのである。百間堀《ひやっけんぼり》に藩道場を構える名門道場とはいえ、今は隠居の身の武田甚介師範の下で師範代代理を務める十九歳の若造など、撃剣家からすればものの数ではない。

——なぜ、うらなのか。

しかし、現実に和三郎はお年寄りから百両という大金を受け取ってしまったのである。勘定奉行の森源太夫は藩札で支払うつもりでいたらしいが、和三郎はなかば脅迫して小判で受け取った。そのうち、三十両を懐にして越前野山、土屋領を後にした。江戸に入って道場に支払う束脩《そくしゅう》や隠れ栖《すみか》代、毎日の飯代のことを考えれば、そんな金など半年で消えてしまうだろう。

——また掏摸《すり》を見つけて、掏《す》られた者から礼金を頂くとするか。なんといっても東海道はゴマの蠅《はえ》だらけだというからな。

そう呟いていると、老人が孫娘を連れて川会所《かわかいしょ》で何やら談判している様子が目に入った。防具袋を担いでそちらに行くと、川札を求める旅人に混じって、ひときわ高い老人の声が聞こえてくる。しゃがれ声が哀願調で川会所の者に値引きするように訴えているのである。

「だめだ、だめだ。今日は川が深い。札一枚が百三十六文だよ、爺さん、爺さん」

「七十八文だと聞いただ」

「それは百年めえの話だ。いや、もっと昔享保《きょうほう》の時代だな。爺さん、そんな昔に生きていたのかよ」

「んだら、百二十文にしてけれ」

「だめじゃといっておるじゃろ。この値段は年行事と問屋場で決めているだ。高札にも書いてあっただろ。おらっちが勝手に決められねえんだよ」

「んだら、この子だけ担いで渡ってけれ。おらに手助けはいらねえ。おらはおらっちだけで渡るけ」

隠居して順斎となった老人は意外にねばり腰が利いている。川越人足があきれて笑い出すのを後目《しりめ》に、川札を一枚だけ求めて自分は野良着の尻をはしょってすっかりひとりで渡る気になっている。

ついに頭らしい男がやってきて、おい、爺さんと怒鳴った。

「そんなことされちゃ、溺れておっ死《ち》ぬだけじゃ。あとで引き上げるのが面倒なんだよ。どうしても孫と渡りたければ、ふたりで平蓮台《ひられんだい》に乗るんだね。いやなら、川は渡らせねえ」

ごつい顔をした川越人足頭は、鼻の穴を膨らませて老人を見下ろした。その人足頭を睨み上げて老人はぶつぶつと何事が呟いた。

「んじゃ、いくらになるね」

「今日の水嵩《みずかさ》は股通しじゃから、一枚百三十六文。平蓮台の相乗りは、人足がふたり余分に付くから川札四枚と台札二枚になるな。合計八枚分じゃから千八十八文じゃな」

「そんな銭があると思っておるんか。おいぼれ爺ィに孫娘じゃぞ、貧しいんじゃ。それに巡礼や座頭にはただで運んでおるじゃろ。ちゃんと知っておるんじゃ」

「それだけの元気があるんなら丸太につかまって渡りな。ただ流されたらお陀仏《だぶつ》だぜ、爺さん」

それを聞くと小屋の中で老人の目玉が銀色に光り、顔面は蒼白《そうはく》になった。その目玉が背後に突っ立っていた和三郎に向けられた。

「おめえ、治療代と宿賃を払ってないじゃろ。川札はおめえが払ってけれ」

無表情にいった。いきなりいわれて和三郎は返答に窮した。通りすがりの旅人がいきなり追い剥ぎに変身したように思えた。

「ああ、分かり申した」

思わずそう答えてしまったのは、一昨日、思いがけなく手にした四両の迷惑料を頭に思い浮かべたからである。これも三途《さんず》の川を渡る老人への功徳だと思った。

「うらは肩に乗る」

和三郎がそう川越人足にいうと、それは無理だというように頭《かぶり》を振った。

「お侍さんは荷物があるから平蓮台になるね」

「馬はどうだ」

「馬越しには水嵩が増え過ぎた。蓮台ひとりだと川札六枚分、八百十六文だな」

高い。和三郎の予定では二百文程度のつもりでいたのである。爺ィの分と合わせると一両の二割八分になる。しかしあらがってみても仕方ない。

和三郎は頷き、一分銀一枚と一朱銀ひとつを財布から出し、釣り銭は川越人足頭に、「爺さんをよしなに」といって預けた。それから川越人足に案内されるまま防具袋と荷物を蓮台に置いた。

幅二尺五寸（約七十六センチメートル）、長さは一間ほどもある平蓮台に乗って川を渡りだすと、水がすぐ間際をすごい勢いで流れていく。両足で防具袋を挟み、両手は端をつかんで大きく揺れる蓮台から転げ落ちぬように必死で支えた。慣れているはずの川越人足も、川底の石の苔《こけ》に足の裏をとられるらしく、おっと、ふっぷ、などと掛け声を掛けながら、足をすべらして進んでいく。

老人と孫娘の方では、平蓮台の上でなんだか神妙に向かい合わせに座っている。少女とはいえ女なので、孫娘は男のように両股《りょうもも》を開いたりせずにちゃんと座っている。蓮台の真ん中にある横木を摑《つか》んでうまく波に合わせて体を泳がせている様は、どうかすると大空を舞う鮎《あゆ》のようでもある。

島田側の川岸に着くと、光の強さと緊張の疲れで、すぐには歩き出すことができなかった。順斎という老人は河原石の上に座り込み、キネという名の孫娘は老人に竹筒から水を飲ませている。

空には光の海が張っている。水を一口飲んだ和三郎は、この様子ではこの老人を島田宿に置いて、自分だけ先に行く方が賢明ではないかと思案していた。藤枝までは二里八丁。日はまだ高いのである。

――老人の足でも今日中に藤枝には着けるだろう。

そう判断を下すと、ではお先に、といって和三郎は荷物を背中に回し、防具袋を肩に担いで河原石を踏みしめて歩き出した。今日中に駿河の府中まで行くつもりでいた。

七

だが、結局三人で藤枝に泊まることになった。老人が、宿賃を払わずにすむ宿があるから一緒にこいといったからである。ここにも修行人宿があるはずだと思ったが、しつこく老人が誘うので、宿場では老人の後をついていく形になった。

老人が急に親切になったことが少々薄気味悪かったが、

――爺さんについていけば、大内儀之助という医師がふたりを藤枝まで送ってくれといった理由も分かるはずだ。

と思って、半ば興味本位で従ったのである。老人は杖《つえ》をつき、紺色の野良着を着ていたが、普通の野良着と違うのは、袴の裾口が細くなっていて、足首にかかるあたりには横布がつけられ縛るようになっていることである。それが歩きやすいとみえて背を丸めてきざみ足に進んで行く。いつの間にかその足が早足になっているのに和三郎は気がついた。

西木戸《にしきど》の河原《かわら》町から入って、街道沿いに続くいくつかの村を過ぎて東に歩いた。まだ日は高いが、東からきた旅人や行商人は、宿の呼びかけに応じて宿の土間に入っていく。風呂に入って夕方の涼を楽しむ気らしい。

およそ半里ほど宿場を行くと北に城が見えてきた。田中城である。家光《いえみつ》と将軍職を争った徳川忠長卿《とくがわただながきよう》が駿府入封《すんぷにゆうほう》のときには、ここは忠長卿の家臣が在番していたはずである。

この領土は領主の交代が頻繁だったが縁起のよいところで、領主になる者は大坂城代などに出世して転封《てんぽう》していった。現在の領主は本多正寛《ほんだまさひろ》という人で、無論その人となりなど和三郎は知る由もなかった。

だが和三郎は街道に連なるいくつかの村の様子を眺めながら、ここで仕官の道が開ければ、もう江戸くんだりまでいって怪しげな密命を果たす必要はないな、と気楽なことを考えていた。

しかし、その可能性はまるでないとはいえない。特に亜米利加《メリケン》から黒い煙を吐く巨大な軍艦が神奈川沖に姿を現したという、動乱の時代にはその機会が増えるはずだ。

「こっちじゃ」

そう順斎という老人が白濁した鷹《たか》のような目を向けて、街道から農道に折れたのは、東木戸《ひがしきど》の手前の左車町《さぐるま》に入ったときである。

角には染飯《そめいい》という強飯《こわめし》を小判型に固めたものを干して売っている店があり、夜食に買っていくかと店に寄りかけた和三郎を、老人はこっちじゃ、と怒鳴り声をあげた。

――やめじゃ。こんな爺ィとこれ以上つきあうのはやめじゃ。

親切心は何かうしろめたさを隠すための方便ではなかったのかと、その怒鳴り声を耳にしたとき和三郎は思った。さすがに腹にすえかねた。

――何が悲しゅうてこんなえばりくさった爺ィに命令されなくてはならないのか。宿賃につられたうらがアホじゃったのだ。

そう腹をたてていたが、その内、門構えの立派な豪農ともいうべき農家にずかずかと老人が入って行ったので、別れる機会を失った。

そうすべきであったと反省したのは、老人と孫娘は農家の母屋から五間（約九メートル）ほども離れたところに建った、添屋《そえや》の一室に案内されたのにひきかえ、和三郎に与えられたのは厩《うまや》の脇にある藁小屋だったことだ。小憎らしいことに、老人と孫娘は、主人に案内されるとすぐに茶菓子のもてなしを受け、隠居所とおぼしき床の間付きの八畳間で和三郎のことなどすっかり忘れてくつろぎだしたのである。

どうやら自分は大内という医師と、順斎爺さんにかつがれたようだと思いだしたのは、和三郎のところへは夜食どころか、握り飯ひとつ出されなかったことである。

やはり染飯を買っておくべきだった、と悔やみながら荷物の中を探った。危急のときのために用意しておいた強飯があるはずである。

荷物の底には別口の財布も隠して入れてある。そこに手を触れたとき、ごわごわとした油紙が指先に当たった。取り出してみると、それはどうやら封書らしい。そんなものを入れた覚えはないし、他人から預かった覚えもない。

——付け文《ぶみ》かな。

とふと思って自分で笑った。

そのあと密書かもしれないと考えたのは、安芸《あき》から来た多賀軍兵衛《たがぐんべえ》、本名、倉《くら》前秀之進《まえひでのしん》の髭面《ひげづら》を思い浮かべたからである。

大垣の宿で同部屋になったとき、自分の荷物の中に密書を押し込んだ可能性がないとはいえなかった。安芸藩の老中の失政を糾弾しようとする倉前を、やってきた保守派の侍たちが今にも斬りかかろうとした現場を、和三郎は宿の二階から目撃したのである。

密書であれば江戸の鉄砲洲《てつぽうず》にあるという蔵屋敷に届けなくてはならない。そう考えると開くのがためらわれた。それにたとえ開いたところで暗くて何も読めない。

そのとき腹がグーと鳴った。和三郎は強飯を荷物の中から取り出し、味気ないそれをぼそぼそと食いながら、別のことを考えた。

――しかし、自分は何のために大内医師から同行を頼まれたのか、爺ィはなぜあんなに威張りくさっておるのか。

死期が近づくと老人は何かと腹を立てるか、反対に好々爺《こうこうや》になるものらしい。好々爺はそのうち呆《ぼ》けても家族から大事にされるが、頑固爺ィは山に捨てられることになっている。

——要するに、うらは大井川の川越えのための渡し賃を都合よく払わされただけではないか。それとも大内医師は修行人に他に何か含むところがあるのだろうか。

色々と疑念は湧いてきたが、その内考えても仕方ないことじゃ、と和三郎は面倒くさくなった。そういうとき、和三郎は真剣をじっと睨みつける。ざわついていた気持ちがそれで鎮まるのである。

刀を納めると外が急に暗くなり、いきなり雷光が土間に切り込んできた。続いて雷鳴が轟《とどろ》いた。びっくりしたのか、激しい雨音に混じって、戸板を隔てた隣で馬が尿《いばり》をした。

「いい音じゃ」

と、和三郎は呟いた。

土間の中が急にすずしくなった。まだ外には紫色の光が残っている。和三郎は庭に出て、木刀ではなく真剣で空気を斬った。百人斬りを果たすと、じっとりと汗が肌に張り付いた。

井戸に行き、冷たい水で体を拭い、老人と孫娘がいる添屋に目を向けた。そこは灯《あか》りを消し、ひっそりと静まり返っていた。

和三郎は厩にいる三頭の馬の首筋をなで、雷が去ったことをそっと教えた。それから土間に戻ると、藁床をつくり、刀を胸に抱き込んで眠った。

八

夜半に和三郎は目を覚ました。

異変というほどのものを感じたわけではない。ただ、三頭いる馬の鼻息が荒くなり、前足で土を掻《か》く音に気付いて目を開いたのである。

藁小屋には戸板は付いていない。入り口に丸太が渡されているだけである。六月も満月から一夜を過ぎたばかりで、通常なら煌々《こうこう》とした月明かりで外の様子が分かるはずだったが、今日は激しい夕立の後、厚い雲が空を覆った。漆黒の闇が不気味に息づいている。

微かに庭を横切る数名の気配がした。

その内のひとりが母屋の軒先に張り付いた。中の様子を窺《うかが》う気でいるらしい。あとの者は離れの添屋に直接向かった。

はぁあ、と息をついて、和三郎は寝藁を音をたてずに横に弾き出した。理由は見当もつかなかったが、老人と狐顔のキネという孫娘が今夜はそこに眠っているとは知らない何者かが、隠居部屋に金があると目星をつけたようだと察しがついた。ただ老人のいかがわしさから、かつては盗賊だったのではないかと疑うこともあった。盗賊同士が取り分で揉めることはよくあると、どこかで耳に挟んだことがある。

そっと起きて刀を左手に下げて藁小屋を出た。添屋までは十間（約十八メートル）ほどの距離がある。視線を凝らして焦点を合わせてみたが、その手前で夜は渦を巻いて、和三郎を攪乱《かくらん》した。暗がりに潜む者たちまで視界が届かないのである。

（夜間修行不足だ）

ほぞを噛んだ。

武田道場ではたびたび闇夜に神社で稽古をした。一刀流の型を終えると、そこで一晩、神気が宿るのを待って神殿に佇《たたず》む。そこで神殿の裏の森に潜んで、修験者がするように護摩《ごま》を焚《た》いて祈禱をさせられたこともある。その内、暗い中でも人影や小動物の動きが分かるようになった。ムササビの飛行も目で追えた。

しかし、今夜は盗賊の動きが把握できない。

——あと、二間足らん。

覚悟を決めて和三郎は足をすべらせて前に運んだ。すると添屋を取り囲んだ五人の男が、うずくまるような濃密な闇の下で、小刀を構え、鎌を抱いているのが透けて見えてきた。

ひとりが雨戸の戸板に尖《とが》った刃物を差し込んだ。わずかにきしんだ音がたった。

「泥棒だあ！」

いきなり中からわめき声がたった。びっくりした男が腰を落とした。戸口の前で構えていた四人も動転したようだ。ひっくり返る者もいた。

驚いたのは和三郎も同様だった。八間離れたところから轟いた声は、夕方に聞いた雷鳴以上に鋭く伸びて相手をひるませ、さらに胸を突き破るような力感に溢れていた。驚きはすぐに続いてきた。

火の球が、戸口の障子を裂いて部屋の中から飛び出してきたのである。

「だあーっ」

そう叫んで背後に大きくのけぞったのは、それまで戸口の前でかろうじて踏ん張っていた背中の丸い男だった。添屋の中から放たれた鏃《やじり》の先につけられた火の球が、男の胸を直撃したのである。その火の球が男の下顎をわずかに青白く映し出した。

——あれは……。

五助ではないか、と和三郎は判じた。昨夜は五助の家に泊まり、玄米粥《がゆ》を食わせてもらった。中村一心斎という仙人のような旅の武家から妙な剣術を教わり、弟子になったといっていた実直な百姓である。

——すると知方組か。

他の者は、五助を介抱することもできず、ただ火の球の直撃を恐れて、へっぴり腰になって身構えているだけだった。

——これは一体どういうわけじゃ。あの老人をなぜ百姓の軍団が襲っているんや。それにあの鏃に火の球がついたものは一体なんや。爺さんが中から弓を射ったんか。

一瞬戸惑った和三郎だったが、火の球の直撃を受けた五助を放っては置けず、夜の中を疾走した。

「おい、五助、しっかりせえ」

五助の胸は鏃をまともに受けたせいか、胸の真ん中に穴ができていた。しかも焼けただれている。そこに火山の噴火口を見る思いだった。

和三郎は五助を引きずってともかく井戸のあるところを探した。その和三郎を他の者たちは、ただ黙って冷ややかに見送っている。自分たちが五助の二の舞になるのを恐れているのだ。それにしても仲間意識をもたない、薄情な者たちだった。

和三郎が井戸を探しあて、五助の体に水をぶっかけている間、部屋の中の老人も相手の出方を窺っているのか動きを止めていた。農家の庭が厚い闇の底に静まり返って不気味に沈んだ。

ところが思いがけないところから老人の影が現れた。

——あっ。

そう、和三郎が声を出したときには、添屋の藁屋根から曲線を描いて物が放り投げられていた。間髪《かんはつ》をいれず、軒下に張り付いていたひとりの男が絶叫をあげた。和三郎は再び走った。微かに淡い月光が雲を抜けてあたりを灰色に染め始めている。

倒された男にも和三郎は見覚えがあった。やはり知方組のひとりだった。その男は背中をひどく硬いもので打たれてのたうち廻《まわ》っている。それは鉄の塊のような軌跡を残して闇を裂いた。

さらに鉄の塊を先端につけた鎖が男の首筋を縛ったらしく、男は首を押さえたまま口から泡を吹いた。みていると、鎖は老人の手にした鎌にするすると収まった。

「おい、修行人、早く盗人を捕らえんか」

屋根から老人の怒鳴り声が響いた。

――この爺ィは一体何者じゃ。忍者か。あれは鎖鎌ではないんか。

「おい、おぬしらは一体なにをやっておるんじゃ。これは一体どういうことや」

和三郎は残った三人に向けて怒鳴った。すると三人は、泥鰌《どじょう》のような顔からギョロギョロとした目玉を剝《む》いて和三郎を三方から囲い込んだ。泥臭い殺気が放たれた。小刀を手にした三人は死ぬ気で打ち込む気迫を秘めている。

さらにもうひとり背後から忍び寄ってくる者がいた。最初に他の者と分かれて母屋の様子を探りにいったやつだ。母屋はこれだけの騒ぎがあったにもかかわらず、雨戸を閉め切ったまま静まり返っている。

四人にいちどきに攻め込まれては、たとえ相手が剣の型も未熟な百姓たちであっても、和三郎には防ぎようがない。といって今は相手に傷をつけることなく、攻撃をやめさせる手立てが見つからないのである。

――痛い思いをさせるほかはない。

そう腹の中が固まったとき、背後から気合いを掛けて打ち込んできた者がいて、無意識に、体を回して打ち倒していた。刀の峰とはいえ、背に強い一撃を打ち込まれた男はその場に昏倒した。四肢が痙攣《けいれん》を起こしているのは、体の中央を通っている中枢神経を破られたということだ。

それでも引こうとせず、切っ先を構えてくる三人に向かって和三郎は囁《ささや》いた。

「やめろ。どういうわけでうらまで敵とみなすのか分からんが、いまはやめておけ」

三人は低いうなり声をもらして三方から詰めてきた。

「これは真剣だ。うらは剣の背を使わんぞ。これ以上打ったら刀が折れよるからな」

そういうと、三人の動きが一瞬止まった。

空気は澱んで湿っていたが、三人の周囲にだけ凍りつく冷気が取り巻いたようだった。

九

そのとき屋根から、「けえッ」と短い絶叫が上がった。和三郎は目の前にいる男たちから視線をはずして、上を見た。

そこにいたはずの老人の姿が掻き消えている。次に目にしたのは藁屋根を転がって落ちてくる野良着の老人の姿だった。

ドン、と鈍い音がこもると、軒下に横たわった老人の姿があった。胸に何か刺さっている。

――手裏剣か。一体この闇の中を誰が狙ったのか。

和三郎はあわてて周囲の空を見回した。農家の背後は高い樹木が重なって連なっており、暗い夜空をさらに塞いでいる。

「おい、いまじゃ」

「探すんじゃ」

前にいた三人はとたんに和三郎のことなど眼中になくなり、落ちてきた老人の体をまたいで部屋の中になだれ込んでいった。灯りがつくと、家探しをする物音が響いてきたが、もともと老人は荷物など持っていなかった。

「おい、順斎、おまえは何者じゃ。盗賊の頭か。なぜ、知方組の百姓がおまえを狙うんじゃ」

老人の喉から激しい息づかいがしている。泡のようなものが次から次へと溢れ出て口を塞いでくる。

和三郎は老人の胸に刺さった手裏剣を抜いた。小柄《こづか》とは違ってそれは殺傷力のある鋭い刃をつけた、無骨な鉄の手裏剣だった。そういう種類の手裏剣を目にしたのは初めてのことだった。

——これは隠密《おんみつ》が使うものではないのか。すると、この老人も隠密だったのか。隠密とはあくまで和三郎にとっては裏に棲《す》む者のことである。公儀隠密は役目上、秘密の心得方といわれていると聞いているが、それも裏に生きる者どもの話である。和三郎は小納戸役を兄に持つ冷や飯食いであろうと、あくまで表に生きる人間である。裏の者とは関わり合うことはない。

「キネを守れ」

老人は喘ぎ声の前後にようやくそれだけ言って口から血を吹き出した。和三郎は抜いたばかりの手裏剣の切っ先を部屋から漏れる灯りにさらしてみた。そこに毒が塗られていれば、老人が息を戻すことはないと思った。

和三郎は老人を置いて、部屋の中に入った。百姓の隠居部屋にしては瀟洒《しようしや》な造りになっていたが、キネの姿はなかった。二人の男は畳をひっくり返して、血《ち》眼《まなこ》になって床板を探っている。もうひとりは天井の羽目板をはずして裏を覗き込んでいる。

和三郎は三人を置いてすぐに部屋を出た。

今度は表から裏に回って黒い樹木の連なる森を見上げた。枝の葉がたてる風の舞う音に混じって、強く枝を蹴る音が上空から落ちてきた。

和三郎は目を凝らした。その樹木の中から銀色の物体が飛び立つのが視界に入った。せきれいのようだと思った。さらにその背後から十倍も大きな黒い獣が、森に逃げ込んで行く小さな鳥を追って枝から枝を跳んだ。

そしてそのままその二つの影は灰色混じりの黒い空と、森の梢《こずえ》が作り出す煙った紫の中に溶け込んでいった。

——あの獣が爺さんの命を奪ったのか。だが、何故だ。

和三郎はもう一度表に回った。部屋の中の探索をあきらめたのか、三人の男が荒々しい剣幕で老人をいたぶっていた。ひとりが野良着を剝がし、裸の上に馬乗りになると、老人の頬をげんこつで殴った。

「おい、密書はどこじゃ。どこに隠したんじゃ」

どんなに殴っても老人からの反応はなかった。老人は最早、息をしているようには見えなかった。

「おい、密書とはなんや。おぬしら知方組は何を探索しているのや。この爺さんは隠密なのか、どうなんじゃ」

そう怒鳴ると、三人の目玉はいっせいに和三郎に向けられた。それから申し合わせたようにのっそりと立ち上がると、老人を襤褸《ぼろ》クズのように捨てた。刀を身構えると、最前のように三方から寄せてきた。和三郎は腰を落として斜め下段に構えた。

右側にいた男が低い姿勢で突っかけてきた。和三郎は引かずに半歩そちらに踏みこみざま、男の左指を斬った。男は小さな悲鳴をあげて転がりざま、刀を落とした。

すかさず真ん中にいた柄の大きな者が押し込んできたが、踏み込みにためらいがあり、両腕だけが先に出た。

和三郎は刀を交合せずに腕から肩にかけて切り上げた。さらに追い討ちをかけるように、切っ先は伸び上がる前に向きを変えて男の首の後ろを叩《たた》いていた。

「げえっ」

指を斬られただけの男と違って、この柄の大きな男には左腕の肘から先が斬られたほどの驚きと痛みがあったのだろう。叫び声と共に激しく吐いた。首がつながっていたのは、和三郎が切っ先を瞬時に裏側に返したからだ。それでも衝撃は残る。

「腱《けん》を斬ったのだ。しばらく鍬も持てんだろう」

そう呟くと和三郎はひとり残った左手前の男にいったん剣先を向けたが、ふと思い直したように背後を振り返った。

「どうやら盗賊の頭目が出てきたようじゃな」

闇の中から細い影がひとつ、ゆるい風に送られるように現れ出てきた。

「留《とめ》、刀を引け。ここで命を落とすことはない」

「宗像太三郎さんか。驚いたな、あんたがこんな爺さんの懐を狙う盗賊の頭だとは思ってもみなかった」

和三郎は刀を鞘《さや》に納めた。

「この者たちは知方組の者ですよ。百姓です。盗賊などではありません」

「しかし、あんたが指図をしてこの者たちに爺さんを襲わせた。これは一体なんや。爺さんは藩に難儀をもたらす隠密だとでもいうんか」

「いえ、この老人は隠密ではありません。いわば連絡係のようなものです。兄は里隠れといっています」

「なんじゃそれは、昔の忍者か」

自ら口に出しながら、おかしなことを言っていると和三郎は思った。

「太田領内の袋井の東村《ひがしむら》に棲む里隠れです。村に溶け込み何十年も村人と同じ生活をし、何年に一度か江戸からくる大目付《おおめつけ》配下の隠密に、村のことごとく、村人の動静を密書に書き記して手渡す役目をしているのです。里隠れがいることはこちらの目付にも分かっていましたが、それが誰かまでは探し出せなかった」

そこまで話を聞いて和三郎は察しがついた。

「おぬしはうらをその隠密だと思ったのか。それでうらの跡をつけてきたのやな」

暗い中でも宗像が失笑する様子が見受けられた。

「いえ、岡さんを隠密だとは思っていません。越前から来られた人が江戸者であるはずはありませんから。でも、岡さんは人がいい。きっと誰かに何事かを頼まれて旅を続けているに違いないと思いました。袋井で医者の世話になったとお話を伺った時、もしやと思ったのです」

宗像をおしゃべりな男だと思っていたが、それは己の方じゃと和三郎は嗤《わら》った。

「うらは何も頼まれてはおらん」

「でも老人の護衛をしておられた」

「いや、それは医者から、この老人と藤枝まで同行してくれと頼まれたからじゃ」

あ、と和三郎はほぞを噛んだ。同行とは護衛の役目を与えられたことだったのかと今知ったのである。

「その際、預かった物はありませんか。我々はこの老人が記した密書を探しているのです。隠密の手に渡る前にこちらで奪い取らねばなりません。里隠れの者は、農民が自主的に農業を振興させている地味な努力を、単に謀反としかみていません。そのように江戸表に報告をされたらたとえ譜代といえどもただではすみません。まして五十年ほど前に異国船を打ち払えと幕府の命で九百人あまりの兵を出して、太田藩は疲弊しきりました。その恨みがあるのではないかと幕閣から勘ぐられては江戸で寺社奉行の役についておられる太田資功様は困難な状況に追い込まれます。そうなっては困るのです。あ、異国船というのは露西亜《ロシア》やエゲレスではなく清《しん》の船でしたが。もし、密書を預かったのなら私どもに渡して下さい」

宗像はすぐ前に立ちはだかり詰め寄ってきた。傷を負った男たちの呻《うめ》き声が周囲から地響きのように揺らしてくる。和三郎は頭を振った。

「そのようなものは預かっておらん。それにこの老人とは秋葉に行くところで別れて、大井川の手前でまた出会っただけや。宿を一緒にしたのも今夜が始めてや」

そういうと宗像は押し黙って、枯れ木のように転がっている老人を見つめた。

「秋葉は三尺坊の大天狗が鎮守。忍びの者が尊ぶ寺だと聞いたことがある」

宗像はそう呟くと、戸口の前でうめいている二人の知方組の者を介抱しだした。手際よく止血をしていく。

和三郎は懐から手裏剣を取り出した。

「爺さんをこの手裏剣で打った者がいる。おぬしの仲間か」

いや、といって宗像は肩を落とした。

「それは大目付の配下の隠密の仕業でしょう。里隠れは自ら記した密書を、その江戸からの隠密にここで手渡す手はずになっていたのでしょう」

「なに？　じゃあ同じ仲間を討ったのか」

「元々仲間という意識はないでしょう。隠密にとっては、この老人が里隠れだと露見したらもう無用な者です。それどころか害をなします。隠密はこの者が捕まる前に殺します」

そうだったのか、と和三郎は闇の中で的を正確に捉えて放った隠密の技量に感心した。ではキネもあの隠密に殺《や》られてしまうのかと思うと気持ちがしぼんだ。

「隠密も密書を手にいれられないとなると、なんらかの処罰を受けるはずです。幕閣にいる人たちは私たちには想像もできないほど、醜い謀略を練るものだと兄が言っていたことがあります。隠密といってもその最下層にいる者に違いありません。やはり屑同様に捨てられます」

宗像の憔悴《しょうすい》した声が、耳元で悲しい音色のような音をたてた。

そのとき和三郎の頭に閃《ひらめ》くものがあった。

「そうだ、あれかもしれん。宗像さん。その者たちを介抱したら五助を診《み》てやってくれ。井戸端にいる」

和三郎は宗像をその場において暗い庭を藁小屋まで走った。

十

「これかもしれん。いつの間にかうらの荷物の中に入っておった。この老人が隠したものかもしれん」

和三郎は油紙にくるまれた密書らしきものを宗像に差し出した。宗像は他の一人と井戸端で五助の空いた胸に薬を塗りこんでいた。用意がいいことに晒しを巻いて止血もしている。

「これは」

闇の中にうすぼんやりとした灰色の靄《もや》のようなものが漂っていた。宗像の顔が大きく縦に長く伸び上がった。

「預かりますぞ」

宗像は添屋まで走った。和三郎も後に続いた。最初に左手の指を斬られた男が恨みがましい目で和三郎を見ていたが、宗像の姿にはっとしたように戸口の土間に這《は》いつくばった。他の者も這うようにして寄ってきた。

宗像は部屋に入り、油紙を破り捨てた。中から封書が現れた。それを開くと、灯りの下に持って行って読んだ。

「『一揆の兆しありと声する者あり。調べたるところ、安居院庄七なる者二宮尊徳の弟子にて、開墾に妙義あり。掛川に報徳社なる組織を作りたる。岡田佐平治が賛同し、これを広めたり。一揆の兆しこれなく、報徳社は百姓による村おこしなり。荒地を開墾、灌漑に工夫を凝らし貧田を良田に変えることに励みたり。命を賭してこれに熱情を注ぎ込む者あとをたたず、各村に報徳社なるものでき、その数二十を超える……』」

読んでいる宗像の手が震えた。

「あの老人は我らが報徳社を密告したのではない。誠のことを調べ、それが村おこしであるとここに記して幕閣への密書としたのだ。ありもしない一揆の噂を打ち消しているのだ。なんと、我らはいたずらに、地道に村に隠れ棲んでわれらのことを理解してくれていた老人を殺してしまったのだ」

宗像の目から血のような涙が流れた。

聞いていた知方組の者たちは呆然《ぼうぜん》として、外に転がっている老人の死骸を見た。

「そうか、うらはこの老人の補佐役だったのだな。密書を保管して旅をするという役目だったのか」

密書を手にしたままうずくまって泣いている宗像を置いて、和三郎は老人の方に歩いた。背後で人が動いた。和三郎はそこにいる知方組の者を睨みつけた。

「おまえらがこの老人を襲おうとしなければ、老人は隠密からむざむざ殺されなくてすんだのや」

男たちは互いの目を探って頭を下げた。

「この老人のことはもういい。亡骸《なきがら》は朝になって埋める。おまえたちは五助とそこで座り込んでいる仲間を助けてやれ」

そういうと男たちは低いうめき声をあげてもそもそと動き出した。

そのうちのひとりの大男の背中が歪《ゆが》んでいる。和三郎の返しの剣を首に受けた者だろう。和三郎は、おい、待てといって男を呼び止めた。首を直してやろうと思ったのである。

男はちらりと背後を振り向いた。和三郎が寄って行った。その刹那、男の肩に何か鋭い刃物が刺さった。叫び声をあげてもんどりうって倒れた男の向こうの闇から、煙のような影が噴き出してきて、無言で和三郎に襲い掛かった。

槍《やり》がすぐ眼前にまで迫ってきた。かわしきれず、和三郎は横転した。そのあと二の槍がまっすぐに胸を突いてきた。

南無。

ようやく刀の柄《つか》を胸の前まで持ってきたが、最早遅いと観念した。

「む」

黒覆面の中から剝き出しになった目玉が、食いつくように三寸先まで迫ってきた。だが奇怪なことに目玉はそのまま凍りついた。

和三郎は黒装束の者を体の上から吹っ飛ばした。その和三郎の目に、闇の梢の中から銀色の小鳥が飛び出すのが見えた。それは風に落とされるようにふわふわと藁屋根に止まった。

「キネか。無事だったのか」

「爺はどうじゃ。息があるか」

小娘が口を開くのを初めて聞いた和三郎は、それはやはり狐の鳴き声に似ていると思った。

「息は……。待て、その前にすることがある」

和三郎は仰向《あおむ》けになっている黒装束の男の首を刺して息を止めた。それから黒覆面を剥いだ。みたことのある顔だった。

「あ、こいつは為吉爺さんのところにきたやつだで」

「そうじゃ。溜池を掘るとかいっておったな。変なやつじゃった。名前は聞いとったかな」

「為五郎《ためごろう》というておったぞ。為吉の為じゃとな」

「嘘《うそ》くさい名じゃ」

その足元で呻き声がした。恐らく和三郎の楯《たて》となって肩を刺された男だった。

「お、この男を介抱せねばいかん」

和三郎は黒装束の男の傍から体を起こして、呻いている男の肩を抱いた。

「色々とやられたな。だが体が頑丈に出来ておる。肩を縛っておけば半時もすれば血は止まる」

その男の介抱は添屋から出てきた宗像がしだした。

「五助をこの部屋に寝かせてやりなさい」

いっときの高ぶりが治まったとみえて宗像は落ち着いた声でそういった。

和三郎は老人の顔を上から見下ろした。暗い中でも死相が現れ出しているのが分かる。

いつの間にか屋根から降りてきたキネが老人の胸にとりすがった。

「ジッチャン」

とキネは泣き声で呼びかけた。もう死んでいると思ったが、和三郎は口をはさむのを差し控えた。

だが、そういわなくてよかったのである。

不意にしぼんだ目を開いた老人は「キネ」と孫娘の名を呼んだ。

「無事だったのか。ようやつから逃れられたな」

「殺った」

少女の答えは簡潔で殺伐としていた。すごい子だと和三郎は思った。

「若いの、そこにおるか」

「おる」

老人が寄れと顎を引いたようにみえたので、和三郎は膝をついて老人の口元に耳を寄せた。

「なぜ、知方組に狙われるようなことになったんや。正直にいっておれば、やつらもつけたりはしなかったんや」

だが、その問いに老人は答えなかった。和三郎が老人の口から聞いたのは奇妙なことだった。

「最初の者はわしを狙った。じゃが、あとから来た者はおまえを狙っておった。あれは大目付の手の者ではない。おまえの命を狙う刺客じゃった」

「刺客？」

和三郎は背後に横たわっている、溜池掘りの為五郎という男を振り返った。それはこの爺ィの見間違いだと思っていた。

十一

青く滲《にじ》んだ淡い光が地表を覆い、夜を少しずつ押し上げた。

知方組の者に死者はいなかったが、老人から鎖鎌の鉄塊で背中をうたれた男は重症を負った。五助も一命をとりとめたが、回復までには数ヶ月はかかるだろう。

ささやかなひと騒ぎに、代償はあまりに大きかった。

和三郎は知方組の者の助けを借りて、畑の裏の雑木林に穴を掘って順斎老人を埋めた。

キネは墓に長い間、手を合わせていた。立ち上がった時、これまでほとんど感情を出さなかったキネが切れ長の目の隅に涙をためているのを見た。

キネは老人が持っていた杖を抱いて、和三郎に頭を下げた。和三郎はキネの肩に手を置いた。刺すような細い骨だった。

「この老人はおまえの本当の祖父だったのか」

キネは和三郎を睨み上げた。だがすぐに目を伏せると頭を左右に振った。

「村の地蔵の前に捨てられていたのを、助けてくれた人だ」

「そうか、それでジッチャンから忍びの術を習ったのか」

「わかんねえけど、たぶんそうじゃ」

「これからどうする。医者のところへ戻るか」

キネは首を傾げた。ためらいと憂いに満ちた少女の顔を眺めていた和三郎は、腰を落として少女に微笑《ほほえ》みかけた。

「老人からキネを頼むといわれていた。じゃがおまえに助けられたのはうらの方じゃ。これはお礼じゃ」

そういって財布から一分銀を数えて八枚取り出し、キネのてのひらに置いた。

「おまえの命はこんなもんや」

少女は立ち上がった和三郎を不思議そうな目で見上げた。

「あのとぼけた医者の先生にはうらは木偶《でく》の坊《ぼう》じゃったというてくれ。なんの役にも立たんかったとな」

和三郎は防具袋と荷物を持ってもう一度少女に笑いかけた。

「達者でな」

少女はやはり不思議そうな顔で見ていた。和三郎は知方組の者には何も言わず、林の中をずんずんと進んでいった。

たぶん、あの太陽の方に向かっていけば、府中にでるだろうと気楽に考えていた。

第二章　宇津谷峠の学者

一

藤枝宿を東に向かうと、田中城がようやく赤みを帯びた陽《ひ》に照らされて、黒い雲が混じった空に浮き上がった。三階四層の壮麗な城である。

城は番所の役人に見張られている。本来なら藩道場で立ち合いの申し入れをするところだが、さすがに血なまぐさい闇の中で、闘争を抜け出したばかりの和三郎には、それだけの気力は戻っていない。

少し休んでいると、明け六ツ（午前五時頃）になり木戸が開いた。痛む体を引きずって木戸を通り、岡部《おかべ》を目指した。するとすぐに杉並木になり、気持ちに生気が宿った。同時に腹の虫が泣き出した。まだ、茶店は開いていなかったが、目の隅に「瀬戸《せと》の染飯《そめいい》」と書かれた幟《のぼり》を見ただけで涎《よだれ》が垂れた。

——たわけ、泣きたいのはうらの方じゃ。

腹を叱咤しつつ岡部までの一里二十六丁（約七キロメートル）を半時（約一時間）ほどで歩いた。さっそく店を開いたばかりの一膳飯屋で朝食を頼んだ。老婆が出てきて、まだ飯が炊けてねえが、餅《もち》でいいか、と聞くのでそれでええ、と答えた。

ほどなくして醤油《しょうゆ》を塗って焼いた餅が突き出された。乱暴な婆《ばあ》さんだと思いながら、ふーふーと息を吹いて、またたく間に餅をみっつ食った。すると茶が出てきたので、これも気分よく飲みながら、昨夜起きた激しい争いに巻き込まれた情景を思い浮かべていた。

――頑張って奮戦したつもりやったが、結局、うらは知方組に傷を負わせただけではなかったのか。

と分析すると、なんだか、アホを見たような気がした。

十六文を払って店を出ると、こんどは丸子《まりこ》を目指した。距離は二里だが、途中に宇津谷《うつのや》峠というのが出てきて、なんとなく嫌な感じがした。どこかで聞いた峠名なのであるが、それが何だったのか思い出せない。とにかく殺伐とした印象なのである。

上り始めると大粒の雨が降ってきた。先をいく旅人が、わーこれはだめだぁと騒いで戻って来た。それでもこんなところでうろうろしていては「イカン」と頑張って和三郎は歩き続けた。

雨はだんだん強くなってきて、しまいに風をともない嵐のようになった。風は東南から吹いてきて、防具袋を担いで喘《あえ》いでいる修行人をあざ笑うかのように立ち塞がる。菅笠《すげがさ》を押さえると片手が塞がることになる。侍としてそれはできない行為なので、和三郎は菅笠をあきらめて荷物に無理やりくくりつけた。

それでも雨で濡《ぬ》れた土砂は行く手を塞ぎ、和三郎は何度か足をすべらせた。「これも修行や」と踏ん張ってようやく峠の頂上が見えてきたところに、都合よく地蔵堂があった。

戸を開いて中に躍り込むと、そこには背を丸めた旅人が七人いた。年寄りの男女の巡礼と薬の行商人、丁稚《でっち》連れの商人、それに武家がふたりだった。巡礼以外は道連れになった様子はなかった。

和三郎は「ごめん」と断って、隅に座った。みな背中を丸めて、「大変でしたね」「ご修行ご苦労様です」などといってくれた。着流し姿の武家は、挨拶をした和三郎に対して、ジロリと牡蠣《かき》を食ったようなでかい目を向けてきたが、とくに腹に一物ある様子ではなかったので、和三郎は再び黙礼を返した。

もうひとりの武家は袴《はかま》をつけた、どこか学者の雰囲気を漂わせた人で、温和な表情で和三郎を見ていた。まだ若く、おそらく五、六歳年上の方だろうと和三郎は見当をつけた。

　八人も狭い地蔵堂にいるとさすがに蒸せてくる。体にかかった雨は乾くこともなく、体はそのまま茹《ゆ》だっていくようである。雨音はますます激しくなっていく。風が地蔵堂の屋根を吹きとばす勢いで唸《うな》り音をたてている。

　それでもふたりの町人はそういうことは気にならないらしく、当たり障りのない話をしだした。どこまでいかれるのかと、江戸の商家の番頭らしい四十半ばの丁稚連れの商人に聞かれた薬売りは、これから神奈川まで行商にいくと答えている。

「神奈川？　すると台場で作業するみなさんへ薬を届けるということですか」

「はい。お手伝いできればと思うております」

「神奈川はもともとあんたのお得意先だったのかね」

「いいえ。今回が初めてでございます。主人に申しつかりまして参るところでございます」

「ほう、それでは新しく懸場《かけば》を広げるということですな」

若い薬屋は額に細かい汗をかいている。それを拭う姿がなんともいじらしい。

「越中富山《えっちゅうとやま》の薬売りといえば懸場帳が命ですからな。いまからでも、お得意様は増えることでしょう。なんせ蒸気船はいなくなっても、お上は気苦労がたえませんからな。噂《うわさ》ですと品川沖に砲撃用の台場を造るとか、まずは川越《かわごえ》藩と忍《おし》藩がその任務を任されたとかで、何かと物入りでございますな」

「そんなことまでご存じなんですか。さすが江戸のお方は早耳ですね」

「いやなに、どこにでもお喋《しゃべ》りなお役人様というのはいらっしゃるものです」

江戸の商人は狭い地蔵堂の中に武士が二人いるにもかかわらず、平然と喋った。彼には幕府の旗本か藩に仕える陪臣か見分けがつくらしい。

「仕事が増えるとなると、人足どもは喜ぶでしょう」

これは薬屋の言葉である。

「どうでしょうか。堤防工事と違って、海の中に台場を造る、いわば人の手で島をつくるのですから、これは大変な工事になりますよ。命を落とす者も大勢でてきますな。人足どもだけではできないことです。お侍様にも手伝ってもらわんではならんでしょうし、なんといっても、お城の人の指図ひとつですべて崩壊してしまうこともあるでしょうからね」

「大変な物入りですな。人足の手当は充分につくんでしょうか」

「できないでしょうね。忍藩も川越藩も、それに彦根《ひこね》藩だって藩庫は空になるでしょう。幕府のご金蔵だって相当減るでしょう。商いはやりにくくなります」

「では儲《もう》けるのは江戸の石屋、材木商、それから札差《ふださし》あたりだけということですか」

「いや、そううまいことにはなりませんよ。これは貿易のためにすることじゃない。どんなに堅牢《けんろう》な台場を造ろうが、砲台をそなえようが利益が出ることではないんです。吐き出す一方なんです。みな共倒れになります。元気がいいのは刀や武具をあきなう古武具だけで、それもそう長くは持ちますまい」

といって、四十半ばの商人は肩を落とした。

「そうですか。一体この先、この国はどうなるんでしょう」

越中富山の薬売りは大きなため息をついた。

「これ、薬屋さん。あんたはいつからそねーな風に考えるようになったんじゃのぉ」

そういったのは学者面をした細面の武士である。

薬屋はびっくりして背後に首を回した。そこにぴったりと背中にくっつくように座っている武家と面と向かって目を合わせて、さらに目を剝《む》いた。

「えっ、何でございますか」

「いま、この国といったが、そねーに考える方もいたのかと、驚きました」

「い、いえ。私は薬売りでございますから、あちこちの国に参ります。勿論《もちろん》、生国は越中富山でございます。ただ、行商でございますから、あらゆる領地を巡ります。富山から川だけでも三十五を数えて江戸まで参ります。あの、何かお気に障られましたでしょうか」

そう恐る恐る尋ねた薬屋に、学者風の武家は遠慮がちな笑みを浮かべた。

「いやそうじゃないんじゃ。ぼくは感心しちょったんじゃ。侍なんかよりあんたの方が余程広い見識を持っちょられる。感心した。ぼくは長《ちょう》……の吉田《よしだ》……と申す者じゃ。藩という狭《せ》う堅苦しい……枠の……」

雨がいきなり激しくなって、学者風の武家の言葉が雨音に飲み込まれた。でも、薬屋はうなずいたのでちゃんと聞こえたようだった。

和三郎は地蔵堂の外を斜めに降る雨を憂鬱な気分で眺めていたが、ふと横から異様な視線を感じてそちらに目を向けた。

すると窪《くぼ》んだ眼窩《がんか》から、今にも鶏卵が飛び出しそうなもの凄《すご》い目付きで、板壁に背中をつけていた武士が睨《にら》みつけてくる。ただ、彼の視線は商人と話している学者風の武士に向けられている。

「率爾《そつじ》ながら、御尋ね申す。いま貴殿は吉田松陰《しょういん》殿と申されたか」

学者風の武士は、食らいつくように睨んでくる、目ン玉武士の眼圧に少しもたじろぐことなく、温和な表情で見つめ返した。

「はい。吉田でございます」

「なんと、なんちゅう奇遇。拙者は肥後熊本《ひごくまもと》の横井小楠《よこいしょうなん》と申す浅学の者でござる」

するとそれまで細い目で見つめ返していた吉田某《なにがし》の目が急に見開いた。そこに泉から湧き出る清らかな流れを和三郎は見た。

「肥後の横井先生でございましたか。先生の主唱された実学、下層に手厚うする御政道、誠にもっともであります。ぼくはずっと啓蒙《けいもう》を受けちょった。かようなところで先生に御目にかかれるたぁまったく奇遇でござります」

横井は板壁から身を乗り出してにじり寄り、前にいたでっぷりとした商人を弾《はじ》き飛ばした。商人は板壁に額をぶつけ悲鳴をあげた。そのあとも痛い痛いといっている。

「おい、若かばい」

横井の目玉が今度はしっかりと和三郎をとらえていた。

「こんデブっちょば黙らせろ。斬り捨てたっちゃ構わんぞ」

憤慨した様子を少しもかくそうとしないでそう命じてきた。この御仁は酔っているのではないかと和三郎は疑った。首を傾《かし》げて見ると、横井の脛《すね》の間から二合徳利《どっくり》が覗《のぞ》いている。どうやらここで雨宿りの傍ら、酒をたしなんでいたらしい。

斬り捨てろといわれても、赤の他人から命令されることもないし、ヘンな親爺《おやじ》だと思いながらふたりの会話に耳を傾けた。そのヘンな親爺は、肥後熊本では、どうやら名のある学者らしい。

「吉田殿は英知優れたお方であると聞き及んでおる。たしか十一歳んとき、すでに旦那に召されて『武教全書《ぶきようぜんしよ》』ば講義されたとか」

「旦那、でございますか」

「毛利敬親《もうりたかちか》殿でござるよ」

「いや、それは汗顔の至りでございます」

ゲッ、と和三郎は腹の中で呻《うめ》いた。毛利敬親といえば、長州《ちようしゆう》三十六万九千石の藩主ではないか。

一体この人たちは何者だ、と首から上が地蔵堂の天井を突き破って、黒雲に噴射するような衝撃を覚えた。膝がガタガタと震えている。それは高揚しそうな程の畏怖のようなものだった。それで向きを変えて正面からふたりの様子を見つめた。

薬売りは異様な雰囲気を感じてふたりの間から巡礼のほうに体をずらしている。痛いとごねている太った商人を除いて、他の者は固唾《かたず》を飲んでふたりの様子を窺《うかが》っている。

二

「そんで横井先生は黒船を見に行かれたんですか」

「いや、残念ながら見とらん。拙者は只今《ただいま》、諸国遊歴ん旅に出とってな。かれこれ二年になるかんばってん、今度ん旅では江戸には行っとらんのじゃばい。江戸では昔しゅうじりばやってな。それで出世ん望みは遠のいたんじゃ」

「横井先生がしくじりを。それはどういうことでございますか」

そう聞かれて額を人差し指でごりごりと掻《か》いた。

「あ、藤田東湖《ふじたとうこ》殿ばご存じであろうな。水戸《みと》ん藤田殿じゃ」

「勿論でございます」

「かれこれ二十年ほど昔んことだが、そん東湖殿ん忘年会に招かれた折り、拙者は、ま、こりゃ忘年会でん帰り道でんことじゃが、殴ってしもうたんじゃばい」

「殴った……誰をでござるか」

「名前などもう忘れた。そこいらん青二才じゃ。御政道など何もわからんやつでな。理屈ばっかりこね回すけん殴ってやったんじゃ。他藩ん者であった故、拙者は肥後に戻され、しばらく逼塞《ひっそく》ん身となったんじゃ」

　聞いている者たちが硬直したようだったが、和三郎はむしろ愉快に感じ出した。この爺《じい》さん、なかなかやるじゃないのという気持ちが湧いた。ただ、吉田松陰という偉い学者の反応は違った。

「そんでその殴った相手は死んだけぇござるか」

　本気で心配しているようだった。横井小楠というこれも実学という学派を持つらしい偉い思想家は、どうでもいいような感じで徳利に口をつけ、ぐびりとやった。

「死にはせん。ぎゃあぎゃあ喚《わめ》いとったが死にはせん。ま、鼻が潰れたかもしれんが、そんときはまだ生きとった。何にせよ、このせいじゃばい」

嬉《うれ》しそうに徳利を掲げた。

ははあ、と吉田はいったが、感心しているわけではなかった。

「そんで横井先生は二年もどこを遍歴しちょりましたけぇございますか」

「うん」

と呟《つぶや》いて横井は大きな耳の上にあるこめかみを掻いた。

「肥後から上方に参り、伊勢、名古屋ば経て越前、越後《えちご》と巡った。越前ではかれこれ一月近うもいたかん。松平慶永《まつだいらよしなが》殿から藩士に実学ん講義ばしてくれと頼まれてん。それやこれやで二年もたった。いまでは四十五ん隠居爺ィ同然じゃ」

「お戯れを」

ふたりはその後も話を続けた。それで分かったのは、吉田松陰はその実直そうな表情とは裏腹に二年前、軍学勉強のため江戸に出府したあと、昨年、江戸藩邸に断りもなく友人と東北各藩を見学する旅に出た。いわゆる「脱藩」である。

その言葉に当然ながら和三郎はいたく反応した。

(実は岡和三郎、私も脱藩の身なのです)

思わずそう申し出ようとしたほどである。その気配を察したのか、吉田はちらりと和三郎に目を向けた。柔和な瞳が和三郎をとらえてきた。なんだかほっとした。

　その吉田松陰は藩主からの特別のはからいで、今年正月から江戸に出府していたという。偶然黒船に出くわしたが、外国の日本侵略を許してはなるまいと常々藩士に弁舌をふるっていた吉田は、

「この機会と思いまして、小舟を雇うて黒船に近づきましたが、さすがにあれだけ大きゅうては、どこからとりついたらええのか見当もつきません。船側に触れてみただけで、こりゃ到底よじ登れにゃあと知りました。来年こそは、もそっと準備して、なんとしても乗り込んじゃると意気込んでおります。じゃけど、いかにしてあれだけの軍艦を造船する技術を我が藩が習得するか、こりゃ相当の難題じゃと頭を痛めました。実はまだ痛いんです。そんでひとまず萩《はぎ》に帰るつもりでここまで来たんです」

　と珍しく長々と喋った。もっとも講義は吉田の得意らしい。それにしてもおそらく五、六歳しか違わない吉田松陰という兵学者と自分との経歴、頭脳の出来、夷狄《いてき》を倒すというその心意気を比べると、自分の未熟さにほとほと愛想が尽きる思いがした。

「では拙者は隠れて江戸見物ば致そうかな。まだ黒船とやらがおればよかんじゃ

が」

横井小楠がそういって腰を上げた。さっきから雨は小降りになっていたが、他の者たちはふたりの語りに気圧《けお》されて、腰をあげられずにいる模様であった。

「おお、雨は上がったようじゃ。たいぎゃ暴れとったが、あっさりと上がったもんじゃ」

先に地蔵堂を出た横井小楠は徳利を左手に持って両腕を伸ばした。たしかに大きく動いていく雲の間から真っ青な空が顔を覗かせている。

「おお、晴れましたな。こりゃ暑い日になりそうですな。まだ江戸までは五十里近うもござんした。道中どうぞお気をつけて」

吉田松陰はそういって横井小楠の手を両手で包み込んだ。横井の左腕の下から徳利がぶらぶらしているので、和三郎は思わずニヤついた。

「何かおかしかか」

横井が睨みつけてきた。よく睨む男である。

「たぬきの金玉のようですな」

「なんじゃと」

背後を地蔵堂にいた旅人たちが、お先に、といって通り過ぎていく。和三郎は横井には構わずに、吉田松陰と名乗る細身だが、柳のような柔らかみのある兵学者の傍《そば》に立った。

「吉田殿、不躾《ぶしつけ》ながらお伺いいたす。先ほどご貴殿は脱藩したといわれましたが、それは誰かにそそのかされたということでござりますか」

自分の口から出たのが、完璧な武士言葉になっているのに感心しながら、和三郎は思い切って聞いてみた。

「いやあ、脱藩するのにそそのかされるということぁないよ。ぼくの意思じゃ。あんたもそうかやあ」

「は、は、実はそうなんです」

吉田の聞き方があまりに自然なので、和三郎はあっさりと白状していた。

「どちらの家臣か。いや、こりゃ答えられんよね」

「申し上げる。越前野山藩土屋家家臣、岡和三郎です。もう、家臣とは名乗れましぇんが」

越前と聞いてまだそこにいた横井の目玉がまた牛蛙《うしがえる》のようにギョロリと剝いた。吉田は笑っている。

「ぼくは友人と東北の兵軍備を視察するつもりで旅に出たんじゃ。彼との約束を守りたかったけぇじゃ。脱藩するというつもりはなかったんじゃが、江戸藩邸では許可を得んで江戸を出たということで脱藩者としたようじゃ」

「は、先ほどなんとのう聞いとった。ほやけど、それだけのことで……。藩とは窮屈なものですね。あ、うらは野山を出るまで、藩ちゅう言い方はしぇんかったんや。いつの間にかごちゃごちゃになってしもうた」

「そうじゃ。江戸に出るまでぼくも藩やらという言葉は使うこたぁなかった。長門《なが》萩《と》領毛利家家臣で通してきたが、江戸にゃあ萩を知らん人もおったし、各地混在してお上の官名をいっても知らん人がようけおった。どねーでもこの国をひとつに丸う収める思いでおらんでは、この先、清国のように他国に侵食されることになる。とにかく亜米利加《メリケン》もエゲレスも強大じゃ。侮ってはいけんそうです」

聞いている内に和三郎は頭の中が渦を巻きだした。それが次第に輝きを増して、いま目にしている樹木や山の風景すら白光しだしたように見える。

この人は凄い、と思った。その凄さは和三郎の知識ではとても追いつかないものだが、その人物の奥行きの広さだけでも尊敬に値すると畏敬の念を抱いた。

それで吉田の顔を正面からとらえていった。親近感を抱いたせいか国訛《くになま》りになった。

「うらはあなたのようにもっと学ばないけましぇん。ただ、どっから手ぇつけたらいいのかうらには見当がつきましぇん。剣だけが命でしたで。これからもそうでしょうが、ほやけど少しでも、あなたの見識を学びたい。どうしたらあなたのような考え方が持てるようになるのやろう」

食いつくような目でいわれた吉田松陰は、いやあ、といってこめかみを掻いた。

「それは無理な相談じゃ」

といきなり横から尖《とが》った声が出てきた。横井小楠が和三郎に負けないくらいでかい目を剝いている。

「最前も聞いたであろう。松陰殿は十一歳ん歳《とし》に藩公に召し出されて、老子《ろうし》ば講義されたほどん秀才じゃ。並ん者とはそもそもできが違う。松陰殿に近づこうとはせず、ぼんくらどもは謙虚に松陰殿ん講釈ば聞いとればよかとじゃ。そうすりゃ、やがては小ん小、松陰殿くらいにはなるるじゃろ。そうやなかかな、吉田殿」

そういわれて、吉田松陰はまた、いやあ、と照れて今度は背中を掻いた。

「ではわしはここで失礼する。いつか萩に吉田松陰殿ばお訪ね申すよって、そん折りは心置きのうこん国んあり方について語り明かそうではないか。よしなに頼む」

四十五歳だという横井はなんだか偉そうな口ぶりでいった。

吉田は深く頭を下げた。

「こちらこそご高説を是非賜りたいものであります。あ、それからぼくはいったんは萩に戻りますが、色々算段した上で今年中にゃあ江戸に行くつもりでおります。横井先生はその折り在府でござりますか」

「そん頃には肥後に戻っとります。ま、肥後も揺れとりましてな、こぎゃんたそがれジジイでん、そう身勝手はしとられんけんな」

「たそがれ……ご冗談を。それにしても、よい雨宿りになりました。天に感謝せにゃあならん。ではぼくはこれで失礼いたします。岡和三郎さんと申されたな。あんたもお達者で。江戸でまたお会いすることもあるかもしれんね」

「お会いします。毛利様の下屋敷をお訪ねします」

和三郎は心からもう一度会いたい方だと思った。そうなることを念じた。初対面でそんな風に感じた人に出会ったのは初めてのことではないか、と自分ながら驚いていた。とにかく魅力のある武士だった。

三人は地蔵堂の前で別れた。和三郎は谷を下っていく吉田松陰の細身の後ろ姿を見送った。おそらく二十四、五歳の吉田が大兵学者に思えていた。一本の煙が立って天に伸びていくかのごとき姿勢が、ひどく神々しく見えた。

すると、ぼうっとしている和三郎の背中にしゃがれた声が投げかけられて、憧れの人の後ろ姿に影が射した。

「おい、若かばい、早うせんか。江戸に参るぞ」

振り返るとまたまたギョロ目が喰《く》らいついてきていた。

（なんでだ）

和三郎は啞然《あぜん》としながら、心の中で悲鳴をあげた。

三

ぬかるんだ宇津谷峠を用心深く下った。途中で前を行く横井が足を滑らせ、編笠と背中の荷物が泥にまみれた。和三郎が手を貸すと、強い力で握り返してきた。見ると左手にはしっかりと徳利を摑《つか》んでいる。

（この大酒飲みにはあまりかかわらん方がよいな）

そう胸のうちで呟いていると、峠を下りたところで慶龍寺《けいりゅうじ》という寺が現れてきた。そこの門前の茶店が、雨が上がったのを見計らって店を開きだした。そこに「名物十団子《とおだんご》」の幟がでて、風に吹かれて気持ちよさそうに泳いでいる。

先をいく横井を放っておいて、和三郎は茶店に寄って床几《しょうぎ》に腰を下ろした。地面がぬかるんでいるので、荷物と防具袋は傍においた。

ここでも藤枝のはずれにあった茶店同様、六十過ぎの老婆がでてきて、団子か、と聞いてきた。

「十団子とはどんなものなのか」

と聞くと、店の奥に一旦戻った老婆は数珠のようなものを持ってきた。ひとつの団子はシジミくらいの小さなもので、それが十個数珠つなぎになっている。

ひとつ五文だというので、取りあえず二個入りの皿をひと皿頼んだが、あっという間に舌の上で溶けた。それでさらにふた皿注文した。

なかなかうまい。母に食わせてやりたいと思った。喜ぶ母の品よく微笑《ほほえ》んだ表情が浮かんだ。すると横あいから親父《おやじ》殿が手を伸ばしてきて母が食べている十団子を奪ってムシャムシャと食う場面が脳裏に浮かんだ。とたんに和三郎は味気ない気分になった。

（うまいが腹には溜《た》まりそうにない。たしか丸子の名物はとろろ汁であったな）

と、旅案内に書いてあった記述を思い浮かべることに方向転換させながら、残りの十団子をホコッと食った。それから丸子の宿ではとろろ汁で飯を食って、濡れた着物を乾かそうと計画を練った。

丸子から府中にいくには安倍川《あべかわ》を渡ることになる。大井川ほど大掛かりではなさそうだが、川会所《かわかいしょ》があるという。するとまた川越人足《かわごし》の世話になることになる。

（どうせ急いでも増水で川止めになっているかもしれんのや。宿でゆっくりしていよう）

そこで着物を乾かしている間、風呂に入り、昨夜から今朝にかけての乱闘の疲れを癒すつもりでいた。一休みして府中に着いたら、そこで早めに宿を取り、医者を見つけて、もう一度刺された腹の傷を治療してもらいたいとも考えた。

「何ばしとる」

上から声が落ちてきたので皿から目をあげると、蛤《はまぐり》みたいな目玉が見下ろしている。

（出たあ）

和三郎は喉を詰まらせた。

（先に行ったんではなかったのか。どうして戻ってきたんや）

どうもこの親爺は苦手だと思った。

「団子を食っています」

「見ればわかる。なしこぎゃんところで道草ばくっとるんじゃ。亜米利加《メリケン》の軍艦が江戸城ば襲う前に、浦賀に行かんばならんばい」

（この人は何をいうてるのだ。あんたが行ったところでどうなるものでもないやろ）

「亜米利加《メリケン》が江戸を襲うとったら、今頃は大騒ぎになってますよ。ご覧なさい、みんな呑気《のんき》に名物の十団子を食うてる」

何人かの旅人がうまそうに十団子を食っている。和三郎と同じようにお代わりを頼む武士もいる。みな裾が濡れているのは、増水した安倍川を無理やり渡ってきたからだろう。それでも名物の誘いにはあらがいきれなかったのだろう。

「おぬしを道連れにしてやるというとるのじゃ。さっさと銭を払って荷物を取れ」

強引な学者もいたものである。

（何なんだこの爺ィは。そもそもうらはこんな爺さんの連れになりたいわけでもないし、ついてこいと命じられるものでもないんや。急いでおるのなら、とっとと先に行けばいいんや）

そう腹の中では毒づいていたが、他領の武士でも、年上の人には反発することはむつかしい。真剣を抜いて藪《やぶ》から棒に刃《やいば》を振りかざしてくる輩《やから》には冷酷にもなれるが、ただうるさいだけの学者に対しては逆らうのはむつかしい。

和三郎は観念して団子代を払い、防具袋をかついで歩き出した。

丸子の宿は旅籠《はたご》が二十軒ほどしかなかったが、宿場は結構賑《にぎ》やかでとろろ汁の店が軒を並べて客を呼び込んでいる。中でも「丁子屋《ちょうじや》」という料亭は二階建てで造りも脇本陣のように立派である。

雨が上がった夏の空気は澱《よど》んでいて、びっしりと汗が湧き上がってくる。雨に濡れた着物もまだ重い。

（ここはうらのような修行人には少し敷居が高いな）

そう思って見上げていると、暖簾《のれん》を押して出てきた面長の顔立ちの背丈のある女中が、「どうぞ、中でお休みなさい」といって細い目を向けてきた。

「飯を食っている間、着物を乾かしたいんやが」

そういうと、女中は暖簾をあげて、みすぼらしいなりをした若い修行人を案内しようとしてくれた。

邪魔をしたのは横井という横柄な武士である。

「何が飯じゃ。団子ば食うたばっかりやなかか。それに着物ば乾かしたっちゃ無駄じゃ。こん先ん安倍川では人足ん肩に摑まって渡るんじゃ。どうせ濡るる」

手越河原《てごしがわら》に出ると、横井の言った通り、増水した川を上ってきた旅人はみな波をかぶって、濡れ鼠《ねずみ》になっている。

よくこれで川止めにならなかったものだ、とあきれていると、横井はどうにもせっかちな質《たち》らしく、さっさと川会所から札を買って、川越人足の前に立って足を広げている。ただ、股下が短いので人足は頭を突っ込むのに苦労している。

防具袋があるため和三郎はここでも蓮台《れんだい》を頼むべきか迷ったが、余計な出費はできるだけ抑えるべきだと判断して、手引き二人の肩車で安倍川を渡った。何度か振り落とされそうになり、その度に川泳ぎの修練の足りなさを悔いた。

そもそも越前野山は、用水が町中を張り巡らされていても、泳ぎの鍛錬ができる川は底の浅い赤根《あかね》川くらいしかない。九頭竜《くずりゅう》川は暴れ川で水難事故があとを絶たなかった。それで自然に水練が少なくなり、藩士の中にはまったく泳げない者が数十名もいると聞いていた。

安倍川をほうほうの体《てい》で渡り終えると、案の定、滝に打たれたようにびしょ濡れになった。

渡るとそこはもう府中宿で、吉利支丹《キリシタン》屋敷跡があったというあたりは弥勒町《みろくちよう》と呼ばれているらしく、昼間からなんだか怪しげな女が宿の前に立ってこちらを眺めている。そこから先は、府内になるらしく、宿の入り口に立っている案内図を見ると西端の町は新谷町《しんがいちよう》と書かれてある。

さらによく見てみると府中宿は東南に長く、東見付の下横田町《しもよこたまち》まで二十五丁（約二・七キロメートル）もあるらしい。中心にある七間町《しちけんちよう》は地図によると駿府城に通じる通りがあるらしく、本陣と脇本陣も伝馬町《てんまちよう》にある。

「うらは今夜は府中宿に泊まります。横井殿はお急ぎでしょうから、どうぞお先に」

あたりをキョロキョロとしていた横井は、さっさと歩き出した和三郎の袖を引いて、

「あれは何じゃ」

としかめ面をして呟いた。

街道の右手の少し入ったところを横井は睨みつけている。

（この人は以前に江戸から東海道を通って肥後に戻ったのではなかったのか。初めてのうらに分かるわけがないやろ）

とあきれたが、横井の横暴ともいえる性格が少し分かりかけてきたので、横井の視線の先にある大門まで仕方なく近づいていった。内心では早く旅籠を見つけて草鞋《わらじ》を脱ぎたかったのである。それに新しい草鞋を買う必要があった。

「えーと、ですね『無切手女人不可入《むきってにょにんいるべからず》』とあります。ここは廓《くるわ》の入り口のようですな」

大門口の高札に書かれた文章をそのまま読んだ和三郎は何気なく横井に顔を向けた。

おどろいたのは横井の奥目の目尻が極端に下がり、だらしなく開いた口元から涎のようなものが垂れていたのを目の当たりにしたからである。

和三郎に凝視されているのに気付いたらしい。横井は急に口元をしめていつもの蛤目玉に戻って若い修行人を睨みつけてきた。

「おぬし、高札ば見たっちゃ動揺せんな。越前では廓にはよう通っとったんか。おぬしは剣術修行に出たんやなかんか。そぎゃん不謹慎なことでどうする。旦那に対して面目なかとは思わんのか」

「へ？」

早口に小言めいたことを憤慨した様子でいう横井を、ぼうっと眺め返していた和三郎は、ふとこの訳の分からない学者先生に、出まかせをかましてやろうと思いついた。

「思いましぇんな。うらは江戸に着いたらまず最初に吉原《よしわら》ちゅう廓に行こうと楽しみにしとるのですよ。歴代の剣客は、みな吉原で女人に対する心がけを修行したと言うでの。昨年亡くなられた豊前中津《ぶぜんなかつ》の島田虎之助《しまだとらのすけ》先生も、吉原に親しみよく寿司《すし》を食ったというではないですか。むは」

今度は横井が「へっ」と屁《へ》をふいたような声を上げて、啞然として修行人を見返した。

和三郎は呆然《ぼうぜん》として突っ立っている横井を置いてさっさと歩き出した。すると今度は防具袋を引かれた。今度は大分強く引かれたので、和三郎は腰が砕けそうになった。

「何ですか。こんなところで寄り道をしているときではねえですよ」

「わしには修行が必要なばい」

「えっ？」

「わしにも剣客んような修行がいると申しとるばい。おぬし案内してくれ」

「横井小楠といえば世に聞こえた大先生でねえのですか。そんか偉い方が廓などに行かれるのですか」

「修行のためじゃ」

哀願しているようにも見えたので、なるほど、と納得して和三郎は頷《うなず》いた。岡《おか》崎《ざき》城下から夷狄防備のために、和三郎と共に江戸に向かった六人の本多家五万石の家臣のひとりのことを思い出したからである。堅苦しい性格ゆえか、四十過ぎの独り身の下級武士は酔って御油宿でハメをはずし、遊女から足蹴にされていたものだった。哀れであった。

街道の右手にある大門をくぐると妓楼《ぎろう》がずっと続いている。大門までは馬に乗ってやってきた旅人もいる。

和三郎は胸の内で思わず歓声を上げていた。噂に聞く見世《みせ》は格子籬《まがき》に暖簾を掛けて、若い男が表に出て客を誘っている。

横井は編笠を上げ、目だけを覗かせて見世を真剣に見つめている。ただどこの廓も表通りには障子をはめ込んでいるので、格子籬の向こうにいるはずの遊女の姿はおがめない。ただ賑やかに奏でる三味線の音が響いてくるばかりである。

(これでは噂と話が違うな。では客はどうやって相方を選んでいるのやろ)

それでも廓には独特の華やいだ雰囲気がある。越前野山では到底嗅ぐことができない香りがあちこちの見世から漂ってくる。

二丁（約二百十八メートル）ほども廓の様子を楽しんで眺めた和三郎は、それなりに満足して大門に戻った。そもそも防具袋を担ぎ、荷物を背負った若い修行人に声をかけるやつなどいない。それにここはどうみても若い和三郎が遊びにくるところではない。二階建ての立派な廓の建物と中の色めいた様子から、御油宿の飯盛り女を置いた安宿とは格が違いすぎるのである。

それで戻りは足早に歩いたのだが、途中まで来るとまた、防具袋を引かれた。今度は何だとうんざりした思いで振り返ると、横井小楠大先生の様子がおかしくなっている。窪んだ眼窩の奥に控えた目玉がなんとなく泳いでいるのである。

「どうかしましたか」

「女人ん姿が見えんようじゃが、どうなっとるばい」

「みんな暑いで寝てるんでねえんですか」

「そぎゃんわけがあるか。おぬし暖簾ばくぐって中ば探索してこい」

いやだよ、と返事をするつもりでいた和三郎だったが、つい四十五歳の爺様に同情心が湧いた。それに和三郎自身、通りに面して障子が張り巡らせてあるばかりで、客を待っているはずの遊女の姿が見えないことに不審を抱いていたので、それでは、と防具袋を担いだまま表の暖簾をくぐって土間に入った。すると表にいた若い男が跳び上がってついてきた。

「ここはどういうところだ」

「二丁目の廓でございますよ。いい妓《こ》がそろっているでしょう」

ここでは土間に面して格子があり、その向こうで着飾った遊女たちが静かに座っている。特にシナを作って媚《こ》びを売ってくる妓もいない。

(ここが府中の廓なのか。ええところや)

それで得心して和三郎はすぐに見世を出た。外では喘ぐような暑さの中で、横井が編笠を深くかぶって泥人形のように佇《たたず》んでいる。

(頑張っておるなあ)

気張っている姿はなんだか涙ぐましくもある。

「いい妓がそろってますよ」

「そうか。では入るとしようか。わしは喉が渇いたんじゃ。ここでさしより一杯やろう」

空になった二合瓶をぶらぶらさせて嬉しそうにいった。

「私はこのまま旅籠を探しますので、どうぞご随意に」

背を向けるといきなり肩を摑まれた。険しい目が睨み上げてくる。

「おぬしは剣ん道ば究《きわ》むるんやなかったんか」

「そうです」

「では、ここに上がってわしの講義を聴くのじゃ。剣とはすなわち朱子学《しゅしがく》の教義を学んでこそ、その奥にある心、すなわち真理を得られるものなのじゃ」

「えっ？」

和三郎はあたりを見回した。廓の若い衆が口を開いてこちらを見ている。歩いていく酔客はふたりを避《よ》けて行き過ぎていく。

いきなり横井は声を張り上げた。

「世は『理』と『気』から成る。修行ん者に必要なんはこん『気』ば会得することじゃ。気力んことやなか。万物ば構成する要素ばいう。こん世はこん『気』によって構成されとり動きは止まることがなか。大きな動きは『陽』。小さな動きは『陰』て呼ぶ。陰陽んふたつん『気』が凝集して『五行』となる。すなわち木火土金水ん『五行』でこれが様々にからみあい、くっつきおうて万物が生み出さるる。『理』は万物がこん世に存在する根拠ば示す。南宋《なんそう》ん儒学者朱熹《しゅき》は、人間が生きとるこん世にも、自然界と同じ秩序があると考え『理気二元論』ば唱えた。

これが朱子学や。分かるか」

「分かりましぇん」

「わしとくれば分かる。上がるぞ」

肩を摑む横井の指が食い込んでくる。和三郎は横井のいう朱子学が剣術とどう関係してくるのか理解ができなかったので、分からないと答えたのだが、横井の思いは違ったようである。

暖簾をくぐる手前でようやく鷲《わし》の爪のように肩に食い込んでくる指をはずすことができた。

(この執念は一体、何や)

「私は修行人ですから廓には上がりません。ここでお別れします」

「朱子学の源は儒教じゃ。孔子《こうし》は存じておるな」

「はい」

「儒教は東周春秋時代《とうしゅうしゅんじゅう》、魯《ろ》の孔子によって体系化され確立された。そりゃはるか昔、二千三百五十年程も前んことや。大陸では戦乱が続き、世は乱れ、『礼』ば失うとった。

当時、我が国はまだ未開で人々は細かか村落に分かれ、共同で狩りばして生活ばしとった。西洋ではローマが建国され、ギリシャでは文明といわるる様式ができちょった。

そん時代に孔子は君子ん政治ば理想とし、『仁』ば唱えた。仁義ちゅう言葉は『徳』ば積むちゅうところから出とる。上下秩序ん統制じゃ。

国ば支配するもんには『徳』によって天下ば治むるべき王道ば示した」

ここで横井は編笠を脱ぎ捨てて、胸を張った。道行く街の男たちは唖然として横井を眺めた。

「戦国にあってこん考えば支配者に諭すことは勇敢なこととといゆる。さらに儒教の奥義として『礼』ば重んじた。形、礼儀、儀式じゃ。軽んじてはならん」

廓の若い衆に向けて横井はいきなり人差し指を伸ばした。隣にいた翁《おきな》は死んだ魚のような目をして立っている。

「時は乱世であったんじゃ。その儒教から朱熹が出たんな。孔子よりも千六百年も後んことじゃ。我が国は後白河《ごしらかわ》上皇が院政ばしき、平清盛《たいらのきよもり》が栄華ば誇っとった。ここまでは分かるな」

「はあ、少しは」

「少しじゃと。おぬしはバカか」

横井は嚙《か》み付くような勢いで怒鳴った。廓の暖簾をくぐりかけていた客があわてて後ずさりをした。すぐ傍にいた廓の若い男は、泡食って口を大きく開いたため、顎がはずれて、ふぁうふぁうと喘いでいる。

「白状せい。おぬしはバカであろう」

廓の若い衆のことなど見向きもしないで横井は怒った。唾が和三郎の頰にかかった。

「はあ、アホです。ほんなこと故、うらは横井殿のご高説にはついていけましぇん。ではさよなら」

なんでこんな民衆が行き交う廓通りで、儒教や朱子学の講義を受けなくてはならないのか、と和三郎は居心地の悪い思いで横井を置いて廓の前を離れた。

するとすごい勢いで泥人形の武士が和三郎の前に立ち塞がった。編笠が後ろに下がって、泥人形の額のあたりから墨の汗がしたたり落ちている。いささかギョッとした。

「講義はまだ終わっとらん。行くちゅうんなら、講義代ば置いていけ。それが礼儀ちゅうもんじゃ」

「孔子様はほんなことで礼儀を重んじてるのでねえはずです。朱子学にしても横井さんは礼儀の乱用です」

横井の口元が醜く歪《ゆが》んだ。

「よかおったな。これからが剣術ば心ざす者が学ばにゃならん心学ん教義に入るばい。それば聞かずしておぬしは逃ぐる気か」

横井は本気で廓に和三郎を連れ込んで、遊女をはべらせた中で朱子学の講義をする気になっている。その執念や大したものだが、それは相当見込まれすぎだと和三郎は腰を引いた。それに和三郎が国許《くにもと》の教授から教わった朱子学の講義では、朱子学の欠点として、「心」はむしろ置き去りにされていたように感じたものだった。

和三郎は決心した。

「逃げる。ではご機嫌よう」

今度こそ離れるぞと決心して、和三郎は大門までの一丁を全速力で駆け抜けた。街道に出て振り返ると、さすがに横井の姿は見えなくなっている。

荒い息を吐きながら二十丁程急ぎ足で歩いて伝馬町まで行くと、ようやくまともな旅籠を見つけて一晩の宿と風呂を頼んだ。

四

一晩三百文の宿に落ち着いて、ぬるい茶を一杯飲むと、ようやく人心地がついた。飯の前に風呂に浸かり、風雨と川渡りで消耗した体を充分に休めることができた。江戸の盗人から刺された不覚の傷口はもう塞がっていたが、縫い目が紫色に膨れ上がって百足《むかで》が這《は》ったようになっている。なかなか不気味である。それで風呂から上がると、草鞋を買いに出たついでに医者を探した。

野袴を脱いで着流しで歩いているので、気分はすっかり物見遊山である。買い食いは控えたが、蒔絵《まきえ》や竹細工を売っている店を見つけると大いに胸が騒いで覗き込んだ。茶を売っている店からは香ばしい香りが通りに流れてくる。母に送ってやることができればどれだけ喜ぶことだろうと思うと、悔しさがこみ上げてきた。普通の旅であればそれも可能なのだろうが、身を隠しての脱藩者の旅とあっては、居所を明かすことなどできるはずがない。

この宿場には問屋場《といやば》の他に貫目改所《かんめあらためしょ》といわれるところがあった。そこで働いている者に尋ねると、人足だけでなく、駄馬や乗換え馬の担ぐ荷物の重量を計って、制限重量を超えた分については割増料金を取るのだという。そうやって徳川家に金が入るようになっているのかと、和三郎はへえっと顎を上げながら感心していた。

上伝馬町《かみてんまちょう》の路地裏に蘭方医《らんぼうい》がいるというので訪ねて行くと、今日はもう店じまいをしてそこいらに遊びに出かけたと小娘が鼻を鳴らしていった。馬に乗って行ったというので、廓だなと和三郎はすぐに察しがついた。

廓のあった二丁目から伝馬町までは実際には二十二、三丁でも、訳の分からぬ焦りもあったせいか一里近く歩いた気がする。馬に乗って廓に通う医者の風情はさぞかし大人《たいじん》の気分だろうなと羨んだ。

代わりに研ぎ師を見つけたので、さっそく店に入って、刀を差し出した。五十半ばの研ぎ師は、血煙りが残る刀をかざして冷徹な目で見つめていた。

駄目か、とあきらめかけたとき、

「お預かりします。ただ、少々時がかかります」

といった。戦国の世ならいざ知らず、今の太平な時代にそれほど血を吸った刀を拝むのは、研ぎ師にとってもそうそうあることではないはずなのに、驚きを顔に表さないところはさすが経験を積んだ職人だと思わせた。

「明日中に研いでもらえますか」

「これだけに専念しても、明後日までかかります。それも早くてと申し上げておきましょう。それで宜《よろ》しければお預かり致します」

「そうですか。弱ったな。旅の者なんだが、早くできないか」

「二日はかかります」

研ぎ師は鋭い目を向けていった。その目尻に青い錆《さび》が浮き出ている。とたんに和三郎はそれ以上、談判するのは無理だとあきらめた。

「では、よしなに」

「はい」

研ぎ師の膨らんだ頬が少し痙攣《けいれん》したように見えた。物騒な剣を預かってしまったと後悔しているのかもしれない。

「研ぎ代はいかほどですか」

「仕上がった後に申し上げます。二分はかかるとお思い下さい」

和三郎は了解した。

「ところでこの城下で、修行人の稽古を受け入れてくれる剣術道場をご存じありませんか。あれば是非紹介をして頂きたいのだが」

「道場はございます。ただし、幕領でございますから他流の方との稽古は了承して下さらないでしょう。旅籠の主人なら、或《あ》いは他流試合を受け入れてくれる道場を存じているかもしれませぬ」

頷いた和三郎は、では頼みます、といって店を出た。旅籠はどこも旅人でいっぱいらしく、暖簾の中から忙《せわ》しげに丁稚や下女に客の世話を申し付ける番頭らしき者の声がする。伊勢参りの団体客を扱う旅籠は特に混雑している。

ここらの旅籠には客にしなを売って呼び込みをする遊女の姿は見られない。それは二丁目と呼ばれる遊郭街に集中しているからだろう。大御所徳川家康《いえやす》が晩年を過ごした駿府の誇りでもあるのかもしれない。和三郎は他の宿場とは違う風情のある町歩きを楽しんだ。

宿に戻ると夕飯の準備が出来ていた。飯に豆腐汁、先付けは芋と菜っ葉、焼き物はタタミ鰯《いわし》、それに白子の干したものが少しだけ添えられていた。ありきたりの物だったが、久しぶりの膳を前にしての食事だったので、飯がすすんだ。番頭が気を利かせてお櫃《ひつ》を替えようとしたので、さすがに四膳目は断った。

腹をいっぱいにすると何事にも油断しがちになる。眠る気がなくても熟睡してしまう。下女が膳をかたづけた後で、薄いかい巻き一枚を置いて出ていった。その上に寝転んだ和三郎は腕を頭の後ろに回して、考えるともなくいくつかの出来事を思い返していた。

和三郎には前夜、里隠れの老人が言い残した言葉が耳にこびりついている。

「最初の者はわしを狙った。じゃが、あとから来た者はおまえを狙っておった。あれは大目付の手の者ではない。おまえの命を狙う刺客じゃった」

それに水ノ助が、「狙いは他にいる。わめはついでじゃ」と何気なく口にしたことの意味を計りかねていた。

(うらを脱藩者扱いで江戸修行に出したのは、囮《おとり》にするつもりだったということか)

それは和三郎とは別に、藩主忠直様の嗣子《しし》であられる直俊様の護衛をする者を、安全に江戸に送り込むために計略されたことになる。

とても固太りの勘定奉行ひとりの采配とは思えない。当然、お年寄り田村半左衛門の策略だろう。

(つまりうらは最初から捨て駒扱いにされたということだ)

それも致し方がないと思った。もし、和三郎とは別に江戸に密《ひそ》かに派遣された者がいるとすれば、その者は藩士に違いない。武田道場では和三郎の名前は通っているが、藩道場は他にもある。

大場重治《おおばしげはる》という、江戸でもその名を鳴らしたといわれる神道無念流の遣い手もいれば、今枝流の猛者《もさ》もいる。ことに工藤為助《くどうためすけ》という大男は幅四尺の杉の木を担ぎ上げると聞いている。印西派弓術には安藤武四郎《あんどうたけしろう》という名人もいる。そういう人たちに比べれば、和三郎は藩の幹部にとっては虫けら同然だ。

和三郎は土屋家から禄《ろく》を得ているわけではなく、いわば一家臣の家の冷や飯食いにすぎない。陪臣でもない者の命などどうでもよく、少量の餌を与えれば、嬉々《きき》として命じられたまま動く都合のよい操り人形になり得るのだ。

(使えるのなら、使うに限る。当然のことじゃろ)

原口耕治郎は笹又《ささまた》峠の山中で待ち伏せに遭い、もうひとりの師範代の岩本喜《いわもとき》十《じゅう》はそれより前に、何者かに笹又峠で惨殺されていたという。次に江戸に送り込む者が最後の切り札とあればどうしても慎重になり、それなりの計略が必要となる。

(冷や飯食いを修行人に仕立てれば、格好の囮となり、虎視眈々《こしたんたん》と狙っている敵方にしてみれば、やつこそが本命の護衛と目星をつけて食いついてくるだろう。ただ……)

お年寄りの田村半左衛門が呟いた、

「違うな。じゃが、もう襲ってはこんだろう」

という意味深長な言葉も気になっている。勘定奉行の森源太夫が、出掛けに和三郎を襲ったのも原口を殺害した者たちと同類の者だろうという憶測に対して、しゃがれた声で異を唱えたのだ。

（ではお年寄りはどんな組織を頭に思い描いていたというのやろう。まさか本気で幕府が放った隠密《おんみつ》だと考えていたのではないやろな）

仮に隠密が潜入してきたとしても、藩の内部を探るのが目的であって、一介の修行人を殺そうとする理由が見当たらない。

昼間の暑さはいったん夕風で薄らいだが、風がなくなるとじわじわと部屋の隅から湧き上がってきた。和三郎は防具袋と背負い袋をひとつにして、その上にかい巻きを被《かぶ》せた。

それから散歩の途中で買ったインゲン豆を袖に入れて廊下に立った。

すでに六ツ（午後八時頃）の鐘は鳴っていた。欄干に手を置いて空を見上げると、満月より一夜通り過ぎた月がのほほんという感じで昇っている。周囲がほんの少しぼやけた輪郭で縁取られているのは、明日も雨が降る予兆だった。

外からは人声が響いてくる。女の跳ね上がった笑い声に混じって犬の吠《ほ》え声がする。越前野山だったら、もうほとんどの長屋は門を閉ざして人々は家の中にこもっている時刻だった。

（母は心配していることだろう。明晰《めいせき》な母には剣術道場の師範代にもなっていない十九歳の若造が、江戸への剣術修行を許されるということ自体が、あり得る話ではないと勘づいているはずだ。だからこそ、由緒ありげな白鞘《しらさや》の脇差を三男坊に差し出したのだ）

そう改めて考えると、あの脇差を何故《なぜ》母が、自分の箪笥《たんす》の奥にしまっておいたのだろうかと不思議になる。それに六つの俵を彫った家紋はどんな意味を持つのか、考えをまとめようとすると、耳鳴りがして頭が痛くなる。そこには母だけが知る秘密が隠されていて、息子であろうとも容易に立ち入ることのできない境界線があることを感じるのだ。

（弟が原口さんと同じように、五人の刺客の待ち伏せに遭ったと知ったら、兄はなんというだろう。小納戸役などという藩政には何の関連もない退屈な役目についているより、ずっと刺激があるとでもいうかもしれんな）

謹厳実直を絵にかいたような真面目《まじめ》な兄には案外そういうとぼけたところがある。そう考えると和三郎自身少し豪胆になった気がした。

もう一度夜空を見上げると、墨混じりの怪しげな雲が、あたりを灰色に染め上げているけなげな月ににじり寄ってきた。高いところでは地上とは違う強い風が吹いているのだろう。月を見ている和三郎の首筋に生暖かい風があたってきて、猫が寄り添ってきたように、顎の裏側を湿った長い舌で舐《な》めて行き過ぎた。

腹がくちて眠たくなった。和三郎は袖からインゲン豆を取り出して廊下に撒《ま》いた。何事も起こらなければ、明日の朝、宿の女中が掃除をするはずである。

部屋に入ると障子を閉めた。それから木刀を抱いていったん押入れに入った。そこがカビ臭く、とても息をしていられるところではないと分かると、今度は部屋の隅に座って目を閉じた。だが、そうして寝てはとても昨夜からの疲れはとれそうにないと感じて、結局かい巻きを掛けた防具袋の脇に手足を充分に伸ばして眠ることにした。するといきなり意識が遠のいた。

第三章　学なり難し

一

目覚めると障子に薄い青みが浮いている。開けると空の一端に淡い明かりがぼんやりと灯《とも》っている。それでも空は夜の縄張りの中にある。

まだ七ツ（午前三時頃）にはなっていないようだった。インゲン豆は昨夜撒《ま》いたまま廊下に転がっている。それでまた眠ることにして畳にそのまま横になった。

起きると朝になっていた。完璧に一時（約二時間）ほど眠ったようだ。空はすっかり晴れている。昨夜あった雨雲めいたものは夜のうちに北東に運ばれたものらしい。今の時刻は爽やかだったが、今日も暑い一日になりそうだった。

昨夜散歩から戻ってきてすぐに旅籠《はたご》の主人にどこか修行人と立ち合いをしてくれる道場はないかと打診をしておいた。早ければ朝飯後には知らせが届くはずである。

和三郎は朝飯は後にして、木刀を持って旅籠を出ると近くの野原にいって素振りをした。千回を数えるとさすがに汗が出た。木刀での素振りは少し物足りなかったが、一刀流の型だけはとれる。受け手である自分を想像して立て続けに百本の型をやった。道場で少し下の者に教えるときは、いちおう一本一本型のきまりを伝えるが、実は武田派一刀流には、他の流派と違ってここまでがひとつという型などないのである。

剣は立ち止まることがない。それは相手を斃《たお》したときか、自分が殺《や》られたときである。型とされるものも、延々と続き、これでおしまいということはない。

すっかり汗まみれになって旅籠に戻り、まず井戸水で体を流した。冷たくて気持ちがよかった。井戸の中にはすでに西瓜《すいか》が紐《ひも》で吊《つ》るされて冷やしてある。夕方には冷えた西瓜が食えることを楽しみに部屋に戻った。

一汁一菜にうどと鰺《あじ》の干物の付けられた朝飯で和三郎は丼三杯の飯を平らげた。それだけ食えば昼飯は抜いてもなんとか我慢ができるはずである。

下女が膳を下げた後、もう食えんぞと、突き出た腹を出して寝そべっていると、主人がやってきて、

「上横田町《かみよこたまち》の林《はやし》道場では修行人様を歓迎しているそうでございます。八ツ（午

後三時頃）過ぎから稽古は始められるということでございました。如何《いかが》なされますか」

と、してやったりの顔つきでいった。如何されるかと聞いてきてはいるが、断ることはできないという毅然《きぜん》とした口ぶりである。

「おお、参るとも。越前野山、武田派一刀流岡和三郎が是非ともお願いしたいと林殿に伝えてくれ」

「かしこまりました」

「ご主人、林道場の流派はご存じか」

「それは、存じません」

幕領なら小野派一刀流か新陰流、直心影流、あるいは神道無念流かと想像した。伊豆韮山《にらやま》の代官として名を轟《とどろ》かせていた江川太郎左衛門《えがわたろうざえもん》は、斎藤弥九郎《さいとうやくろう》の神道無念流を庇護《ひご》した人である。

「八ツまでは大分間があるな。ご主人、釣り道具を貸してくれるか。安倍川で釣りをして時を潰したいのだが、どうだ」

主人の口元に微苦笑が漂った。

「安倍川では竿《さお》をさしての釣りはできません。魚がかかりませぬ。もし釣りをなさりたいのなら、すぐ裏手の林の中に沼がございます」

「そうか。では行ってみよう。何が釣れるのだ？」

「地元の釣り人は鮒《ふな》を狙っています。でも、なかなか掛かりませんよ」

そういう主人の口元に今度ははっきりと分かる苦笑が浮かんだ。


八ツ少し前に、和三郎は旅籠から東に四半時（約三十分）いったところにある上横田町の林道場に出向いた。旅籠の主人がいっていた通り、ふた時（約四時間）ほど沼で釣りをしていたが、浮きは一度も動かなかった。度々場所を変えて竿をさしてみたが、沼に生息する鮒は泥の中に潜っているらしく、芋と小麦粉を丸めた餌などには見向きもしなかった。

（沼の中も温泉みたいに茹《ゆ》だっておるのじゃろ。よう出てこんわ）

釣り名人らしき釣り人の姿もなく、真夏の暑い中で釣りをする酔狂な者もないものだ、と和三郎は自分ながらあきれていた。

宿に戻って竿を返し、林道場に向かう途中、腹が減ってどうにも我慢できなくなり、茶屋に入って、このあたりの名物だという安倍川餅《あべかわもち》と砂糖餅を一個ずつ注文した。そのうまさに感嘆して、今度はもう二個ずつ頼み、これもあっという間に平らげてしまった。

もう少しいきたかったが、さすがにこれくらいで我慢しておけ、と押しとどめるものが内部にあって、和三郎は未練を残しながら、三十文を置いて店を出てきた。そのとき、砂糖餅を売る店が越前野山にあったら、大いに繁盛することだろうと涎《よだれ》を拭いながら考えた。

脱藩者扱いがとれて帰参することが許され、どこにも入り婿のあてがないときは、そうするのも悪くはないなと思った。何故か、剣術道場を経営する考えは思いつかなかった。

林道場は農家が点在する畑の中にあった。藁葺《わらぶ》き屋根で、たのもうといって入った土間には筵《むしろ》が敷いてあった。横手は道場主の住居になっているらしく、少々月代《さかやき》の伸びた道場主はそちらからひょっこりと出てきた。

すぐに道場に案内されたのだが、やがて集まってきた門弟というのは十歳前後の少年ともいえない子供たちばかりで、武家の子らしいのは三、四人しか見当たらず、あとは町人の子ばかり十数名がわいわいがやがやっていた。

(これでは修行人を歓迎するはずやな)

和三郎は喜ぶ子供たちを相手に半時(約一時間)ほど竹刀《しない》で受けた。直しはせず、ただ好きなように打ち込みをさせた。そのあと、子供たちを横一列に立たせ、かなり厳しく打ち込みをした。

悲鳴をあげ、尻もちをついたり、果てには泣き出す子もいたが、和三郎は手を抜くことはしなかった。自分は修行人であって、子供たちの師範ではないのである。

それを林雄之助《ゆうのすけ》と名乗る、どこか泥鰌《どじょう》のようにぬるっとした調子のよい道場主にも教えてやりたかったのである。

「道場では侍も町人の子供も関係がない。剣は遊び道具ではない。一旦剣を抜いてしまえば、それは命を取り合いする戦いになる。それを肝に銘じてやることだ」

顔中汗と泥にまみれた子供たちは、歯を食いしばって和三郎を見上げていた。

「よし、座っている者は立て。礼」

子供たちはまだ恐れを顔に浮かべている。それでもぎこちないながら一同どうにかならんで頭を下げた。

「さ、井戸で顔を洗ってこい」

そういうと蜘蛛《くも》の子を散らすように道場から走り去っていった。

「ではこれで私はおいとまをします」

そう林雄之助にいって去ろうとすると、いや、まだ次があるのでお願いしたいと背中を屈《かが》めて林はいった。なんだか、泥鰌屋の番頭のように揉《も》み手《で》をしているように見える。

「次とは」

「そろそろ門弟が集まります。その者たちにも稽古をつけてやって下さい」

そういって林は一旦外に出た。次に入ってきたときには湯飲みを手にしていて、それを和三郎に、どうぞ、といって差し出してきた。

や、これは、ご丁寧に、といって飲むとそれは水だった。

そのあと、道場に三々五々やってきたのはみな町人と農民ばかり九人で、城勤めの武士はおらず、足軽という者がふたりあとから加わった。なんとも寂しい町道場だった。

窒息しそうな粗末な道場の中で、その十一人を相手に和三郎はひとりで相稽古をすることになった。まともに竹刀を振れる者は誰もいなかった。見事なほどみなへっぴり腰だった。

一通り終えたが、さっぱり気分が晴れなかった。だが汗が一升枡《ます》いっぱいになるほど流れ出た。ふと見ると、林は土間の敷居に腰を下ろしてきょとんとしている。

「林殿は稽古はなさらんのか。是非、一手、立ち合いを所望したいのだが」

「いや、拙者は昨日の稽古で腕を痛めてしまってな。お相手はいたしかねるのじゃ」

すると、和三郎の体に少しも竹刀をかすめることすらできずに、空を斬っては土間にのめり込んでいっていた百姓が、

「先生、是非、立ち合って下せゃーよ。腕を痛めたなんていう話は聞いてにゃーよ」

と嘲《あざけ》り口調でわめいた。すると、先生が立ち合うのをとんと見ねーくなったにゃー、と他の者も言い出した。

「い、いや、ホントに腕が痛いのじゃ。首も寝違えたのか、どうもこうするとえろう痛くてな、歳《とし》かのう」

林は唇をすぼめてタコにでもなったように体をくねらせた。剽軽《ひょうきん》な態度でその場をなんとか乗り切ろうとしている林の様子を見て、和三郎は切なくなった。

それでは立ち合いはやめにしましょう、といおうと決めたとき、

「よろしい」

という林雄之助の声が熱で蒸した道場にこもった。しかも林が手にしたのは竹刀ではなく木刀である。

今度は和三郎の方が戸惑った。木刀ではどちらかが相当の手傷を負う。しかも技を繰り出すとなると、一撃で決まることになる。一刀流での衝撃は、受け手の負傷の度合いが酷《ひど》いことがこれまで証明ずみだ。

木刀を数回片手で振った林は、では、といって和三郎と二間（約三・六メートル）の間合いを取って構えた。

「武田派一刀流、岡和三郎。お願い致します」

蹲踞《そんきょ》の姿勢をとった。林は立ったままである。和三郎は一歩引いて立ち上がると、正眼に構えた。

一旦は正眼に構えた林だったが、一歩右足を前に摺《す》り出すと、今度はその摺り出した足を右に大きく引き、左足を前にして大上段に木刀を構えた。

（この人は剣術遣いではない。素人だ）

形はつけているつもりだろうが、それは操り人形と同じでまるで魂が入っていない。

「ウオーッ」

林は気合いを入れた。威嚇のつもりなのだろうが、その泥鰌ヅラが目を吊り上げると、脳天を鎌で割られた痩せ蛙《がえる》のようになった。

（困った。しかし、このまま故意に勝ちを譲るわけにはいかない。うらは修行人なのだ、真剣にやってこその仕合いだ）

自らにそう言い聞かせた。いったん引っこんだ気持ちを起き上がらせた。次にすることは相手の手首を打ち砕くことだけである。

（花をもたせてやれ）

不意に武田甚介師範の声が胸の中に響いてきた。

（ここで手柄を立てて何になる。剣には人を生かすという使命がある。殺すのはそのあとだ）

（しかし、それではうらの気持ちがすみません）

（おぬしの気持ちなど、必死でこの地で生活しようとしている者に比べれば、屁《へ》みたいなものじゃ）

（へ……）

（おぬしは通り過ぎて行くが、あの者はそのあともここで生きて行くのじゃ。花

をもたせてやれ。それが修行というものじゃ)

そういう問答はほんの一瞬、和三郎の胸の中で交わされたものである。

打ち気を抑えた和三郎の目に、林の呼吸が一気呵成《いっきかせい》に吐き出される様子が映った。

大上段からそのまま打ち込んできた林の木刀を、和三郎は正面からではなく、二寸斜め右手に足を踏み出すと、木刀の切っ先近くで掃くように受け流した。

木刀の触れ合う乾いた音が道場に弾《はじ》けた。

和三郎の手から木刀がこぼれ落ちた。筵に木刀が転がるのを見た瞬間、

「まいった」

と和三郎は声を上げた。伸ばした左手は、林の次の打ち方を押しとどめるためである。

「オーッ。やったあ、先生スゲエやあ」

弟子たちは道着を脱ぎ捨てて手を打ち鳴らした。

林は荒い息を吐《つ》いて大きく肩を上下させている。長居は無用だと和三郎は思った。

「これにて失礼致します」

頭を下げた。道場を出るとき林雄之助と目が合った。額の汗が林の目に流れ込んで紅《あか》く腫れていた。その目を覆った睫毛《まつげ》が、和三郎に向けて三度大きくしばたたかれた。

和三郎は小さく頷《うなず》き、道場を出た。

畑の中の一本道を街道まで戻りながら、こういうときに酒を飲めるやつは幸せだな、と思った。

まだ時刻は七ツ（午後五時頃）になったばかりだろう。斜めに射《さ》してくる強い陽光が和三郎の頬を焦がしていく。行く手にある青い畑にゆらゆらと陽炎《かげろう》がたって、修行人を幻惑するかのように身をくねらせている。

これからどうするか、研ぎ師のご機嫌伺いでもするか、と考えていると、「待ってくれー」と呼ぶ声がした。

振り返ると青い畑の中に一本伸びた黄色い道を、ひとりの男が手を上げて駆けてくる。道が黄色いのは強い陽光を斜めに受けた土が反射しているからだ。男は林道場の門弟のひとりで足軽だった。和三郎は立ち止まって、足軽が追いつくのを待った。

「ありがてゃーことです」

「なんのことだ」

足軽は手拭いで首筋の汗を拭ってから、深く頭を下げた。

「先生に勝ちを譲ってもらったことくりゃー、わしらのような者でもわかるよ」

「うらは修行人じゃ。そんなことはしとらん」

「岡さん、本当にありがてゃー、みんなが喜んでいるよ。あんたには悪いけど今夜は祝杯ちゃあ」

そういって頭を下げると、足軽は体を回して走って戻っていった。

和三郎は頭を振って歩き出した。喉が死ぬほどに渇いている。

二

ひとまず水を浴びる気で旅籠に戻ると、板場にいた番頭が土間に飛び出してきて、お客さんが待ってます、とあわただしい様子でいう。

「客、いったい誰が……」

と首を傾《かし》げたとき、奥目の武士の顔が浮かんだ。まさか、うらがここにいることがどうしてわかったのや、旅籠は三十軒もあるのだ、と疑問が浮かんだが、客となると思い浮かぶのは横井小楠しかいない。

（昨夜は廓で潰れたんやな。しかし、江戸へ行くとあんなに急いでいたんじゃないんか。まだこのあたりをうろついていたんか）

そう胸の内で呟《つぶや》いていると、番頭が土間の隅に向けて指を立てているのが目に入った。明るい外から暗い土間に入ったので、あちこちで鏡の破片が飛び散って見える。

そこに置かれているのは襤褸《ぼろ》クズかと見えたのだが、どうやら猪《いのしし》でも縛り付けてあるのか、もぞもぞと動いている。

「お武家様の客だといっております」

そこで襤褸クズから異様に黄色い目玉が現れた。

（やっぱり横井さんだ）

とたんに災いの悪霊の姿を見た気がした。

「どうしてうらがこの宿にいることが分かったんですか」

横井は土間と上がり框《がまち》の角に背中をつけて、藁の上に座りこんでへばっている。

その傍らに若い男が突っ立っている。

「こいつがおぬしば探し出した。えずか（恐ろしい）やつらだ」

「冗談はやめて下せゃーよ。恐ろしいのはお武家様の方ですよ。揚代《あげだい》を払わずに逃げ出そうとしたじゃにゃーですか」

「なんだおめえは」

「初音《はつね》のモンです」

「初音たら、何じゃ」

「付け馬じゃばい。こいつ、銭ば払うまで儂《わし》につきまとう気じゃ」

そういわれても、和三郎には事の成り行きが分からない。付け馬とは何だと思っていた。

「お武家様がこの方の代わりに揚代を払って下さるというで、散々探した末によようやくここをみつけたんだ。二両三分二朱、払って下せゃーよ」

そういうことか、とようやく田舎者の和三郎にも理解ができた。

(要するに、横井さんは昨夜廓で遊んだ金子《きんす》が払えなくなって、遁走《とんそう》したんや)

「そぎゃんわけだ。岡殿、よしなに」

(だけど捕まった)

「あかんですよ。修行人のうらにほんな大金が払えるわけがありません。徳を積んだ学者なら『修己治人《しゅうこちじん》』ちゅう言葉をご存じやろう」

「いかんか。では体で払ってもらうことになるぞ」

横井小楠は上体を引き上げ、土間からせり上がって上がり框に腰を下ろした。なんだか急に偉そうな顔つきになった。

「おい、嘉助《かすけ》、話してやれ」

「いえね、もし代金をもりゃーにゃーときは、ならず者退治をしてもりゃーと主人が申しますんで」

付け馬という若い男は、それから身振り手振りを交えて説明しだした。途中から興奮しだして駿河弁が急に強くなり、一部理解に苦しむところがあったが、要するに、

「用心棒をしろということか」

「そうです。とにかく三日に一度は廓にやってきて、三人で乱暴狼藉《ろうぜき》を働くんですで、手に負えません。次男三男といっても駿府のお武家さんですで、わしらはなだめるのに必死で。奉行所なんていっても頼りにゃーもので、同心も小者《こもの》もへっぴり腰なんすよ」

「当たり前じゃ。府中奉行所の同心は切米《きりまい》二十俵二人扶持《ぶち》じゃ。たったそれだけん給金で命ば懸けらるるか。そん点、こん御仁なら安心じゃ。何といったたっちゃ修行人じゃからな。刃《やいば》ん下ばくぐるんな己ん修身になる」

その三人組を懲らしめて、二度とあのあたりで狼藉を働かないようにしてくれれば、両隣の遊郭「巴《ともえ》」と「松月《しょうげつ》」の主人ともども手当を出すというのである。叩《たた》きのめし方に若干の差がでるが、それで横井殿の遊び代くらいは充当できるはずだという。

「お断り致す。そもそもうらは横井殿の門弟でもなければ、同藩の者でもない。昨日、単に道連れになった者に過ぎんのや」

そう言い残して和三郎は井戸端に行った。そこで上衣を脱いで行水をした。濡《ぬ》れた体を拭いて旅籠の土間を覗《のぞ》くと、横井の姿はなくなっていた。ほっとして二階の部屋に戻ると、そこに、いた。

「困ります。出て行って下さい」

隣には付け馬の若い男が座り、長い顎を撫《な》でながらそっぽを向いている。

「おまえまで何や。何故、勝手に入った。わかったぞ、貴様、盗人だな」

男の傍《そば》には防具袋と荷物が置かれている。その荷を締めた紐が少し緩んでいるように見えた。

和三郎は男の手首を摑《つか》むと軽くひねった。男の体は廊下まで跳んで手摺《てす》りに頭をぶつけた。コンと乾いた音がした。

「さすがじゃ。そん調子で今夜も頼む。よし、それまで講義ば聞かせてやろう。まず、酒じゃ。おい嘉助、下へ行ってこん徳利に酒ばいれてこい。ぼやぼやしなすな」

そういうと横井は徳利に残っていた酒を一息に飲み干して、ウオッとゲップを吐いた。それから廊下でくたばったようになっている嘉助に向かって徳利を投げつけた。随分乱暴な学者である。

「横井さん、無茶言わんで下さい。うらには用心棒などとてもできません。しかもここで捕縛などされたら修行が台無しになります。どうぞ、ここから出ていって下さい」

すると、「たわけ」、と横井は和三郎に向かって一喝したのである。

「儂は干支ん学問ば修めたばい。儂に教わるちゅうことは、おぬしが忘れ去った武士道ん精神ば覚醒し、尊厳と意義ば取り戻すちゅうことじゃ。すなわち、これ『心身ん学』や。頭《ず》が高か。そけ直れ」

（これはだめや。イッてもうとる）

抵抗する気力もなく、和三郎はおとなしく、横井の前に座った。

「儒教ん始祖孔子、孔子ん死後ん孟子《もうし》ん唱えた『仁』、荀子《じゅんし》ん『礼治主義』、そん後、漢《かん》になって五経博士だん玄学《げんがく》だん色々と出てきたが、こんあたりは泡沫《ほうまつ》じゃによって、どどーんと飛ばして、南宋ん時代になってついに朱熹が現るる。朱子学であるな。徳川家が好んだ朱子学には『居敬静坐《きよけいせいざ》』に代表さるる修養法があるけんだ。我が国ではまず林羅山《はやしらざん》が出て朱子学ば整えた。中江藤樹《なかえとうじゅ》も忘れてはならん。母ば養うため藩籍ば抜き、そん間も朱子学ば学び広めた。儂もこれに学んだ。そして、明《みん》ん時代になって王陽明《おうようめい》が現れた。先ほど口にした『心身ん学』ては陽明学の真髄じゃ」

「待って下さい」

和三郎は右手を伸ばして横井の言葉を遮った。

「ほんな儒教の体系みたいな話は学者にとっては仕事でしょうが、実際のところ民衆には何の役にも立たんやろ。天保の飢饉《ききん》のときに人々の飢えをしのいだとか、今度の亜米利加《メリケン》の黒船来航の備えに役に立つとか、ほんな効用でもあるのですか」

怒るかと思ったが横井は意外にも、うん、と頷いた。

「ある。いや、直接にはなかかもしれんが、あることはある。おぬしが申した通り、古典学問の訓詁《くんこ》注釈に終始するのがこれまでん学者の役割であった。こいつらはまったく能無しであった。犬ん糞《くそ》以下や」

(そんな言い方はないやろ。学者は自分だけが唯一正しいという偏狭な人ばかりやから、いやなんじゃや)

「だが、儂は古き教えば今起きよる政治に役に立たするため、改革ば起こそうとしよるばい。そぎゃん学問にするため、儂は諸国遍歴ん旅に出て、志ある論客と論議ば重ねてきたんじゃ。おい、馬、遅かやなかか、ぐい呑《のみ》などいらん、湯飲みでよか、そうだ、これじゃ」

付け馬が下げてきた徳利を奪うと、横井は湯飲みに酒を注《つ》いで、ぐびぐびと飲んだ。若い男は「銭はどうするんだ、番頭が部屋に付けるのかと聞いていますぜ」といっているが、横井は構わずに飲み続けている。

汗の流れた喉仏が上下するのを、和三郎はなんともわびしい思いで眺めていた。

(口にすることは立派だが、この人は酒を前にするとどうにも卑しくなる)

そうあきれていたのである。

「なんや、もうのうなったぞ。一合しか入れてこんかったな」

「番頭は二合徳利いっぴゃーに入れてましたよ。でも銭を先に払えっていってますぜ」

付け馬は長い顎の先を横井に向けて突き出した。こいつ馬の生まれ代わりか、と和三郎は思った。馬の方がよほど丸顔である。

（こいつも先のない人生を送っているな）

「おかわりじゃ。今度は四合徳利にいれてこい」

〝馬〟はふて腐れたツラを左右に振って階下に降りていった。次の徳利がくる間、横井は顔を斜めに向けて畳に視線を落としていた。蟬《せみ》のかまびすしい鳴き声が部屋に入ってきて転げ回った。和三郎はふと子供時代によく蟬取りをしたことを思い出した。獲った蟬を食うことはできないものかと工夫もした。死骸を焼いて食ったこともあったが、何の味もしなかった。ただ腹をこわしただけだった。

貧しいとは思っていなかったが、ただ、いつも腹をすかしていた。飢饉のときは雑草も食い尽くした。それで死人も出て、食える草と毒草の区別がついた。

（そんなとき、学門はどうしてくれるんやろ）

三

酒が来ると横井の目がひかった。

すかさず湯飲みで二杯飲んだ。急に日焼けした顔に精気が宿った。

「陸象山《りくしょうざん》ちゅう名ば聞いたことがあるか」

「はい、名前だけは。ほやけど南宋の思想家やちゅうことくらいしか知りましぇん」

「それでよか。南宋の時代に生きた大儒や。わしは十歳で肥後の時習館《じしゅうかん》で学んだ。文武修行に励み、儒学ば根底から学び、朱熹に出会うてからは、朱子学に十年間没頭した。昨日、廓ん前でおぬしに講義したことん教義はそん十年間で学んだことや。こん陸象山はそん朱熹の哲学に対抗して、心即理《しんそくり》ば主張した哲人じゃ」

「ほれでは横井さんの思いに叶《かな》いませんな」

いや、と口元を歪めて横井は首を横に振った。

「天分が超凡な哲人の主張には、たとえ古《いにしえ》の教えであったっちゃ謙虚に学ぶべきなんじゃ」

（ほう、この方が謙虚？　謙虚さに学ぶ？）

「陸象山は八歳ん頃、論語の『学而篇《がくじへん》ん中』の文義に支離あるんば疑《うたご》うたとある。おぬし、論語ん中で覚えとる言葉はあるか」

は、といってから和三郎は天井を見た。節目に小さな蜘蛛が這《は》っている。

「子曰く、君子は言を訥《とつ》にして、行いは敏ならんことを欲す」

「それば何と注釈するか」

「言葉は少なくし、実行は誰よりも先駆けてやるがよろしい」

「そん通り、実行こそが大事なばい。孔子はこうもいっとる。『書にいう。孝《こう》なるかこれ孝。兄弟に友なり、有政にほどこす、と。これまた政《まつりごと》ば為《な》すなり。奚《なん》すれぞそれ政ば為すを為さんや』。こん解釈には矛盾があり、わしは何度も読み返した」

（やめてくれ、それ以上の注釈の講義はやめてくれ）

「それで、『奚其為為政』の為すの二字の間に『不』ちゅう字が落ちとることに気付いた。つまり『政を為さずを為さんや』となる。そん上で、孔子が何ばいわんばしたか解釈してみぃ」

（ええい、ままよ）

「たしか、誰かが孔子になんで政治に携わらんのや、と聞いたことに対する返事やと思うたが、違いますか」

「そうや。それからどぎゃんした」

「書とは書経のことですね。孝行、兄弟への友愛は政治の上でも役立っている、と書経にあり、政治家になるばかりが政治をするのではないと解釈しています」

だんだん和三郎の言葉遣いも丁寧になってきた。

「やけん、孔子ん結論はなんといっとる?」

「いま横井さんが字を補足したで、まだよう整理がついてましぇん。……ません」

「孔子はそれ故、自分も政治に携わらんことはなかといっとる。こりゃこん国の学者にはなかなか言ゆることやなか。みな、湿った洞窟に逃げ込むことで運が開くるて思うとる。実行に移す自信がなかとじゃ」

(それでも食っていけるのはなぜだ。藩主に媚《こ》びる御用学者ばかりがはびこっているからではないんやろか)

「儒教は単なる古の教えやなか。時代と共に内容は異にするばってん、そん根本にあるんな、最も現実に即した論理、および政治に関する教えなんじゃ。衆人ば導いて道徳文明に高めていくのが政治の使命やと説いとる。まず、ここば押さえておくことじゃ」

「はい」

なんだか大変なことになっておるな、と思いながら和三郎は返事をした。だんだん、横井小楠という人が立派に思えてくる。するとぐびりという音が喉仏から漏れてきた。

「そこで陸象山に戻る。こん哲人には若か頃に筆ばとった書が残されとる。そけは『宇宙内のことはすなわち己が分内のこと、己が分内のことはすなわち宇宙内のこと』て書かれとる。おそるべき知的直観力じゃ」

「はあ」

「はあやなか。わしはおまえんために特別講義ばしとるんじゃ。こけ剣の極意が隠されとる。分かるか」

「全然分かりましぇん」

「しぇんはやめろ。あんぽんたんが余計バカに見える。では、宇宙とは何じゃ」

「空の果て、ですか」

「果てやなか。果ては碧空《へきくう》ちゅう。果てじゃなく無限ん広がりだ。空漠じゃ」

「すごいものですね。めまいがする」

「するか。おぬしもまんざら無神経なやつやなかようじゃな」

横井がにやりと笑った。眠そうな顔をしているが、その中にも凄《すご》みが宿っている。

（酒乱の気もあるようや）

そこで横井は酒の入った湯飲みを左手に持って腕を突き出した。

「こん無限の空漠の中に自らば置けば、自然と防御の形ができ、相手の動きに敏感に対応しきる。剣術は『先《セン》の先《セン》』やといっとるんじゃ。『後《ゴ》の先《セン》』など老剣士の戯言《たわごと》じゃ」

（ん、うらもそう思う。待っていたら眠くなる）

「真剣での勝負では、奇ばてらうことじゃ。奇策を弄して相手ば驚愕《きょうがく》させ、そん隙に斬り込む。これが宇宙に身ば置くちゅうことなんじゃ。剣の極意じゃ。これば忘れるでないぞ」

どうじゃ、強くなった気がするばい、といって横井はぐびりと二合瓶に口をつけて飲んだ。強くなった気はしなかったが、横井のいう剣の極意には頷けるものがあった。学者もばかにはできないと思った。

「そろそろ行け。行って享楽に耽溺《たんでき》し、私党を組んで庶民に狼藉を働く侍どもを退治してこい。それがおぬしの使命な……」

な、が最後の言葉となって、哲人横井の上体が倒れた。顔を見るために近づくと、もう鼾《いびき》をかいている。〝馬〟が和三郎に向けて顎を振って、どうです、と聞いてきた。

「眠ったようだ」

「じゃあ、この間にお願いしやす。できれば酔っ払って難癖をつける前に片付けてほしゃーんで。やつらに銭を奪われなくてすむで」

「分かった」

和三郎は腹を括《くく》った。横井の講義には少なくとも二分金を支払う価値はあると思った。

だが、昨日行った廓の大門に着く頃には、すっかり体が緩くなっていた。一昨夜の争いの疲れは簡単には取れそうになかったようだ。それに大門を入ると、昨日は気付かなかった同心が傍の部屋に詰めていて、出入りする客に目を光らせている様子だった。

横井は無責任なことをいっていたが、ここで幕府の侍相手に乱闘になれば、たとえ廓の鼻つまみ者たちだといっても無罪放免というわけにはいかないだろう。和三郎の方にもなんらかのお咎《とが》めがあるはずで、ここは慎重にいかなくてはならんなと戒めた。

それで「初音」の主人の部屋を借りてまず一眠りした。神棚があり、女物の華やいだ着物が衣紋掛《えもんか》けから垂れている小部屋だったが、そこはなんだかいい匂いがして居心地がよかった。茶を運んできた者がいたようだが、飲まないうちに眠りが訪れてきた。

「お侍様、やつらが現れました」

主人がそういって和三郎の肩を揺すった。

「何時だ？」

「七ツ半（午後七時頃）です。もうどこかで安酒を仕込んできたようで、よい加減でいます」

「ではやつらがダンビラを振り回したら出ることにしようか」

「ダンビラですか。それは一体何のことです？」

「真剣や」

和三郎は目に入った茶碗《ちゃわん》を手に取って中のお茶を飲んだ。それから怪訝《けげん》な目で見返してくる頬のたるんだ「初音」の主人をしげしげと眺めた。

「分からんのか。ただ、酒を飲んでいるというだけではやつらを退治するわけにはいかんやろ。そんなことしたら、こっちが捕縛されおる。まず付け馬を出し、そいつが首尾よく殴られたら、次に番頭を出すんや。やり手婆《ばば》にも騒ぎを大きくさせる。廓の者が総出で連中を追い返そうとしたら、きっと刀を抜いて威嚇してくるやろ。そこで主人、おぬしが出て行くんや」

「わたしがですか」

歳に似合わず気が弱いようで唇が震えている。

「そうや。両隣の見世《みせ》の主人も交えればええ。三人の命が危なくなって初めて拙者の正義が発揮できるんや」

「お武家様の正義がでございますか」

「そうや。こういうことには段取りが必要なんや。行き当たりばったりではあかん。それからこれは使わんな。竹箒《たけぼうき》でも用意しておいてくれや」

和三郎は自前の木刀を主人の部屋に置いた。主人は不承不承といった感じで背中を丸めて廊下に出た。三味線の音が奏でる見世では遊女たちが客に色目を使っているのだろう。酔客のだみ声が響いてくる。見世の者を脅しつける口調で狼藉を働いているのは、おそらくくだんの三人組だろう。

頃合いを見計らっていた和三郎だったが、番頭が転がり込んできて「頼んます」というのを合図に、主人の黒の紋付を引きちぎって長い布にしたものを頭に巻いた。一応、黒頭巾の代わりになると思ったのである。

狼藉者三人の見世への因縁付けが、十分に沸騰した頃合いをみて和三郎は見世の外に出た。そのつもりだったが、まだ準備が出来上がってなかったとみえて、見世の若い者も主人も殴られた様子もなく、ごたごたいう三人をまだなだめている。

仕方ない。

和三郎は竹箒を取って、三人の顔を順に掃くことから始めることになった。

結局、行き当たりばったりになった。

三人が刀を抜く前に連中の耳を潰し、鼻を打ち、脛《すね》を叩いた。周囲の酔客は「お、黒頭巾、いいねえ」などといって囃《はや》していたが、和三郎はその場をどうして収めたらよいのか分からなくなり、ひとりがどういう拍子か路上でひっくり返るのを見て、まず竹箒の柄で膝を打ち抜いた。同輩の無様な姿を目撃した残ったふたりはほうほうの体《てい》で逃げ出した。それでもうこのあたりでよかろうと判断して、和三郎も「初音」の奥に引っ込んだ。

そこで黒の紋付の端切れを取り、木刀を摑んで何食わぬ顔で暖簾《のれん》をくぐって通りに出た。歩き出すと、向こうから同心がふたりの小者を引き連れて走ってくるのと出食わした。すると乱闘騒ぎは案外短く、一刻《いっこく》（約十四分）ほどで終わったのだなと和三郎自身が気付いた。

大門をくぐって出ると何故か先ほどの付け馬がついてきている。主人に何か伝言を頼まれたらしいが、和三郎が厳しい目で睨《にら》むと肩をすくめた。だが戻る気はないらしい。

旅籠に戻り、主人に夜食の支度を頼んで二階に上がると、丁度横井が目を覚ましたところだった。

「お、首尾はいかがであったか。さて、もう一献やるか」

上体を起こすと、大きく伸びをした。顔には白い粉を吹いたものが散らかっているが、一時半（約三時間）も眠ったので、大分落ち着いた様子に戻っている。

しかし、横井の落ち着いた様子とは、一体いつのことだったのだろうと和三郎は改めて首を傾げた。横井は和三郎が廓でのツケの分を働いたことに対する礼もいわずに、空になった徳利を手に取って所在なげにしている。

「儂ん講義には酒は欠かせんのじゃ。こりゃな、水戸学の藤田東湖殿もそうなら備中松山《びっちゅうまつやま》、板倉《いたくら》藩士の山田方谷《やまだほうこく》殿にも共通した仕儀なんじゃ。おい、馬、主人に酒やと伝えてこい」

いつの間にか付け馬も二階にきて廊下の隅で膝を立てていた。〝馬〟をめざとく見つけた横井はすかさず酒を調達するように命じたのである。

礼をいうことも頭にないようで、横井はすっかり大先生気取りになっている。

和三郎の腹がグーと鳴いた。

四

酒がくると、さっそく講義の続きが始まった。誠実さゆえだというと疑問符がつくが、とにかく、熱心な人であることは確かだった。

「儂が江戸に遊学したんな天保十年（一八三九年）、三十一歳んときであった。幕府の大学頭《だいがくのかみ》の林述斎《はやしじゅつさい》に入門した。世事に通じた人であったが、儂が大いに刺激ば受け、腹蔵のう論議できたんな水戸の藤田東湖殿であった」

「はあ」

「十四年前のことじゃ。当時三十四歳やった東湖殿は、徳川斉昭《なりあき》様から最も信頼ばさるる側近であった。水戸学の大家であった東湖殿ん元には各地から有望な学徒が集まってきた。ま、そのうちんひとりと口論となり、そん結果が十数年ば経てこんコブとなってしもうたわけであったが、あぎゃん愚民は死んだ方がよかったばい」

「コブ？　それはどういうことですか」

そう言われて見ると、横井の額の隅が赤く腫れている。

「いっておらんかったかの。昨夜、廓で出会《でくわ》したのじゃ」

「誰にですか」

和三郎は酒を飲んでいる横井を置いて、握り飯を食っている。汁と漬けた大根が添えられている。

「じゃから、東湖殿ん忘年会の後、儂がぶんくらわした相手とじゃ。なんともしぶとかやつで十四年経《た》ったっちゃあん晩のことば覚えとってな、厠《かわや》から儂んところまで追うてきてくらわしおった。えらか騒ぎじゃった」

「そんな偶然があるんですか。確かにしぶとい人ですな」

「そんときやつが暴れて襖《ふすま》ば破った分も儂のツケとなった。なんせ、敵は四人もおって、儂はむなしゅう防備ばせざるば得んかったんじゃ。今度会うたら殺してやるばい」

「それは横井さんの言葉とは思えません。人殺しはうらの役目です」

二両三分二朱には、その襖の分も含まれていたのだなと和三郎は思った。

「二両三分二朱は『初音』のふっかけだ。ここらでは遊女は一分と十匁《もんめ》二朱と相場が決まっておる。すでに調査ずみじゃった。おい、馬、そうであろう」

いきなり指名された〝馬〟は泡食って顎をはずした。驚いたのは和三郎も同じで、この人は人の心の中を読めるのかと瞠目《どうもく》した。〝馬〟はすぐに顎を入れ直すと神妙に頭を下げた。

「あ、いえ、それはそうやが、遊女にも格があって、それにお武家様は新造も二人座敷に呼んで飲めや歌えやの騒ぎだったじゃねーか」

「歌うたかん。まあよか。全ては今宵《こよい》こん殺しの達人が解決してくれた。そうばい、岡和三郎ん言う分にも一分の理がある」

「ありますか。で、どこがですか」

「人殺しば役目とする輩《やから》、そぎゃん者が必要やと儂も少々考ゆるごつなった。勘違いしなすな。殺人ば奨励しとるわけやなか。防御とは攻撃んことであり、そりゃ国にこそ大事なことやと儂は常々申しとった」

「はい」

「東湖殿と語り合《お》うたことは、こん国に哀れさば訴えて、或《あ》るいは脅すかんごとき大砲ばあからさまに見せつけて、交易ば申し入れてくる国には、決して心ば許してはならんていうことなばい」

ぐびり。

「やつらは甘言ば持って交易の理《ことわり》ば唱ゆるばってん、儲《もう》くるんなやつらだけなばい。所詮、こん国の重鎮や学者らは漢籍に通じとったっちゃ、赤毛ん夷狄《いてき》の言葉にうとか。それでは話し合いにならん。通詞《つうじ》に任せとっては肝心なことが相手に通じん」

「でも外国語ができるものは出世します」

「その通詞の出来不出来が通商を左右するから問題なのだ。それに夷狄どもの持ち出す書き付けなど、やつらにとって都合のよかことばっかり羅列してあって、こちらが反故《ほご》にしようもんならそれば口実に攻撃し、国ば乗っ取りにかかる。奪い取る、それが本来の狙いなばい」

ぐびぐび。むしゃ。

「通商すると持ちかけて他国ば己らの属国にする。民ば奴隷扱いにする。清国はそれで崩壊した。やけん東湖殿とは、夷狄の言語であろうが、まず、外国語に精通する若者ば育つること。脅しに屈することのない剛の者こそ必要だとまず語り合うた」

（うらも蘭学《らんがく》をかじったこともあったや。でも医学を志す者だけが蘭学を学ぶべ

きだと追い出されたんや）

「そん上で亜米利加《メリケン》やエゲレス、魯西亜《ロシア》が大砲ばかざして交易ば迫ってきたっちゃ、威厳ばもって追い返すべきやと意見ん一致ばみた。実は東湖殿は儂が打ち込んだ朱子学の究理ば嫌《きろ》うとってな。行われとる政治、目の前にある現実に心がけとった。それがどぎゃんことか、分かるか」

長い弁舌が一段落したようだと感じて、和三郎は一応頷いた。その間に二個目の握り飯にかぶりついた。

「目の前にある現実ですか。浦賀に来た亜米利加《メリケン》の艦隊を砲撃するということですか」

「それもひとつじゃが、こん場合は学問と政治のくびりつきんことばゆうとる。学ば政治に生かそうちゅうことじゃ。ま、亜米利加《メリケン》ん艦隊ば砲撃するんもひとつの考え方だが、そう簡単にいくことやなか」

「そうなんですか」

「そうじゃ。書物を読めば分かる。夷狄が本気で攻撃するとなるとその戦艦は百隻ば超ゆるはずじゃ。そりゃ亜米利加《メリケン》の持つ強大な経済力と培うた海軍力があるけんできることなんじゃ。ちまちまと藩のやりくりばしてバラバラになっとるこん国なぞひとたまりもなかぞ。象が蟻《あり》ば潰すが如《ごと》きになるかもしれん」

和三郎が見た夷狄とはオロシアの漁船に乗ってきた漁師のことである。みなたくましく、上背もあり二の腕から剝《む》き出した筋肉の発達はすごいものがあったが、隙だらけだった。

「やけん今こそ改革が必要なんじゃ。こけ、夷狄の海軍力に対する秘策はある。儂は以前申した備中松山藩ん重鎮であり、藩の改革ば現在進めとらるる山田方谷殿に示唆されて感銘した」

「山田方谷殿といわれる方は、軍学者ですか」

「そうやなか。陽明学ばようする方だが、そぎゃん教養の範囲にとらわれてこん方ば判断すると人物ば見誤る。いや、えいくろうた（酔った）。これ以上ん講義は無理じゃ。許しとったもれ。いや面目なか」

上体が倒れた。随分簡単に倒れる人である。この二年間に及ぶ諸国遍歴の旅の厳しさが、横井の酔態から想像できた。この方は余程つらい人生を重ねてきたのだな、と案じる気持ちも和三郎の中に生じてきた。

（今夜はこの方のために竹箒を振り回してきてよかったのだ）

そう思った。和三郎のここまでの旅も、他人に巻き込まれてのもので、自分から起こした事件などひとつもないのに、随分真剣を交えることになってしまったと暗鬱になっていた。

だが、横井のひょっとこのような寝顔を見ていると、その暗澹《あんたん》たる思いにも、光明という灯りがともって思えるような気がしてきた。

「おい、馬、いつまでそこにおるつもりや。うらは寝るぞ」

〝馬〟はむっくりと頭をもたげだ。

「あれでチャラにはできねえと主人はいっていたす。あと二両はとってこいといわれました」

「よし、手を出せ」

和三郎は〝馬〟のところまで行って、出された掌《てのひら》を叩いた。ガクッと〝馬〟の頭が下がった。掌の痺《しび》れは首まで伝わったはずである。

「主人にいっておけ。よくも一分十匁二朱の女に二両三分もふっかけたとな。明日、修行人がダンビラを振りかざして、あの三人の代わりに狼藉を働きに参ると息巻いておったとな。分かったらさっさと去《い》ね」

和三郎の剣幕が尋常でないと気付いた〝馬〟は、転げるように階段を降りて行った。

あとには皿に握り飯が一個残るだけだった。ふうっと息をついて握り飯に手を伸ばした。横井は正体なく眠っている。

和三郎は握り飯を食べ終えると、畳にごろりと体を横たえた。いくぶん涼しくなった夜風が汗ばんだ肌を洗うように通り過ぎていく。だが、次に部屋にのたりと這い込んできたのは、重く湿った空気だった。

野山の実家の母は、寝苦しい夜を過ごしてはいないだろうかと心配になった。すると、疲れていたにもかかわらず、寝つくまでに少し間がかかった。胸の中が妙にざわついている。その原因は何だろうと考えているうちに、眠りに落ちた。

五

翌朝、和三郎は横井が眠っている内に宿を出て、研ぎ師のところに向かった。だが、行ったのが早すぎて戸は固く閉ざされていた。中から人の気配が感じられたが、あえて戸を叩くことをしなかった。研ぎ師が最後の仕上げにかかっている気配が屋内から伝わってきたからである。

それで戸が開けられるまで半時（約一時間）ほど外に佇《たたず》んで待った。

戸を開いた研ぎ師は、そこに和三郎がいることに気付いて眉をひそめた。その顔から精魂尽き果てた様子が窺《うかが》えた。

「出来ましたか」

「出来ました」

「で、研ぎ代はいかほどですか」

「三分です」

会話はそれだけだった。

刀を鞘から抜くと、そこにこれまで目にしたことのないほどの、深い青さに沈んだ刃文が浮き上がっていた。刃が息を吹き返してそこに静まり返っていた。見つめていると剣先から冷ややかな光が一筋伸びてきて、竜の如く身を翻して天空の彼方《かなた》に吸い込まれていった。

(これほどの見事な刀だったのか)

大事に扱い磨いていたが、それでも刀に対して尊びの気持ちを持って、誠実に扱ってきたとはいえなかった。

和三郎は研ぎ師に一両置いて戸の前から去った。

旅籠に戻ると横井は起きて蕪汁《かぶじる》の朝飯を食っていた。渋面でまずそうに食っている。酒が切れると不機嫌になる人の朝の貌《かお》である。

「今日中に沼津《ぬまづ》に着きたいと思います。少しきついかもしれませんが、頑張って参りましょう」

そういったが、横井は返事をせず、ただ沼から頭をもたげた亀のように、天井を見つめて口を動かしていた。沼津までは十四里（約五十六キロメートル）少しある。荷物さえなければ行けない距離ではない。横井は二年も旅を重ねてきたにしては軽装だった。

出立は五ツ半（午前八時頃）近くになった。主人が請求額を伝えてきたが、横井はその前を素知らぬ顔で通りすぎた。和三郎は黙って酒代と弁当代を含めて一分を払った。二晩の宿代は七百文のはずであった。すると倍以上である。大変な散財になった。

江尻《えじり》まで二里二十五丁、そこから興津《おきつ》まで一里二丁、さらに由比《ゆい》宿まで二里十二丁。ここで「あがりやせ、名物さとうもちよ」の女の声につられて和三郎は茶屋に入った。きつい峠越えがあった上に、ふた時半（約五時間）も歩き続けたのでさすがに足に疲れがでている。防具袋と荷が重く、肩が張っていた。

「おぬしは甘いもんば食えば生き返るんじゃな」

面白くなさそうに横井はいったが、ここでも餅代は和三郎に任せていた。

次の宿、蒲原《かんばら》の茶屋で持参した握り飯を食った。そこでは酒も出すので、横井はどこか浮かない顔で奥を覗《のぞ》いていた。酒の匂いにはあくまで敏感な人だった。

「少し、やりますか」

あまりに不機嫌なツラをしているので、つい横井にそう声をかけた。それがいけなかった。

「されば、奥ん小部屋に移ろう」

というが早いか、店の者にはいわずに勝手に小上がりの障子を開いて草鞋《わらじ》を脱いだ。

「おい、冷やはあるか。地酒がよか。はよう持ってこい」

酒を飲む前から威張っている。和三郎は握り飯をほおばりながら、婆《ばあ》さんが運んできてくれた茶を飲んだ。横井は「あしはらの酒」と徳利に書かれた地酒らしいものをさっそく湯飲みに注《つ》いで飲んでいる。豆腐が付いている。地酒をたしなむという奥ゆかしさはまるでなく、仇《かたき》でもとるかのように険しい顔付きで飲むのである。

ふうー、と息を吐き出したのは、湯飲みで三杯飲んだ頃である。

「さて、よく聞け」

ここでも横井小楠は講義を続ける気でいた。仕方なく和三郎はかしこまった。

「儂が江戸に遊学したんな天保十年のことじゃ。こん年の五月、江戸では蛮社《ばんしゃ》の獄が起きた。渡辺《わたなべ》崋山《かざん》、高野《たかの》長英《ちようえい》らが幕府ん鎖国政策ば批判したため投獄された事件だが、これにはいささかん誤解がある」

（蛮社の獄なんちゅう事件は知らん）

「弾圧の首謀者であった鳥居《とりい》耀蔵《ようぞう》は嫌なやつではあったが、幕府は儒教ん中でもとくに朱子学ば重んじてきた。鳥居はそれに盲従しただけで、従来国学者から語られてきたんは蘭学者への憎しみから出ただけんもんやなか」

（鳥居耀蔵の悪い噂《うわさ》は越前にも聞こえてきておる。この人が何をいおうが、鳥居は町奉行の密偵だ。こいつのために何人もの無実の人間が捕らわれたのや）

見ず知らずの男だったが、そう思っただけで和三郎の体に虫酸《むしず》が走った。

（この人はあんなやつを擁護しようというのか）

「鳥居耀蔵は林述斎の息子で鳥居家に養子に出された。それでどこかで曲がったんやろうが、親父《おやじ》殿の述斎殿はなかなか寛容な人でな、モリソン号事件んときも評定所の多勢が打ち払いば主張した折り、述斎は強う漂流民ん受け入れば主張した。儂は蘭学者の渡辺らのなんでん開国ちゅう意見とは異なるばってん……」

「あの、ご講義中申し訳ないんやが」

「なんじゃい？」

話の腰を折られた横井は相当不機嫌そうに和三郎を見返した。ぶん殴られるかと思ったが、そのときは殴り返してこのまま先に行ってしまおうと思った。

「モリソン号事件というは何や」

「知らんのか。モリソン号は今から十六年前、浦賀沖と薩摩《さつま》沖に現れた亜米利加《メリケン》の商船のことじゃ。知らんのか」

「知りません」

「なんで知らんのじゃ。モリソン号は我が国の漂流民七人を届けにきたのじゃ、しかも武装もしておらんかった。それに対して浦賀奉行の太田なんたらは異国船打払令に基づいて砲撃したんじゃ。知らんのか」

「知りません。それでどうなったんですか」

「それに対して崋山と長英は幕府の政策を批判した。それで獄につながれた事件が蛮社の獄じゃ。今後を占う大事件じゃ。それをおぬしは知らんのか」

「今、知りました。どうぞお話を続けてくだしゃい」

横井は納得して頷き、酒を口に運んだ。視線の先に夏の富士山が威風堂々と聳《そび》えている。視線をやった横井は珍しく目を細めている。

「夷狄の威嚇して国ば乗っ取る計略には、軍備ばもって対抗すべきやちゅう意見はあったっちゃ、じゃが、船ん中で働く民兵まで殺すちゅう強行意見には頷けんものがある。どこん国でも民ば富ますことから始めんばならん。民に国籍の違いはあったっちゃ、国境はなか。どけいったっちゃ民は国ん宝なばい」

横井はぐびりとやって、今度は視線を強い陽《ひ》にあてられて、ぐったりしている田んぼにいる牛に向けた。熱風が小部屋にもんどり打って入ってきて、かしこまっている和三郎をあざ笑うかのように踊り出て行った。

和三郎の頭はぼーっとしだした。薩埵《さった》峠の上り下りがきつかったのだが、休まず歩き通したのが利いてきた。大先生は意気軒昂《いきけんこう》である。

「世ん中は荒れとった。およそ五年にかけて大飢饉が続き、およそ十万人の民ば失うた。ことに東北での被害がひどかった。各地で一揆《いっき》と打ち壊しが頻発した。天保八年（一八三七年）には大塩平八郎《おおしおへいはちろう》ん乱が発生した。ん、おぬしはまだ生まれとらんかったかな」

「うらは天保六年の六月生まれですから、三歳でした」

（うらが十五歳に見えるわけないやろ）

「ならば大塩ん乱については、のちに聞かされたこともあろう。儂は大塩ん正義感と博識、それば政策に移そうちゅう行動力に感嘆した。仲間の密告により、短時間で乱は鎮められてしもうたが、大変な人物ばこん国は失うたと落涙すると同時に、儂にははっきりとやるべきことば見据ゆる覚悟がでけた」

「できましたか」

「でけた。小さな波であったが、申した通り、朱子ん『通鑑綱目《つがんこうもく》』『近思録《きんしろく》』ば会読し、討論することから始まったボロ屋での研究会には、藩の実力者である長《なが》岡監物《おかけんもつ》様も参加された。『学政一致』は大塩の考えと合致する。いや、大塩ん方が二歩も三歩も先んじとった。だが、我らが実学党《じつがくとう》は次第に改革派として注目ば浴ぶるごつなった。なんせ当時の藩の内情たるや惨憺《さんたん》たるもんで……」

いきなりコテンと横井は額から前に落ちた。酔いの回りが思いがけなく早かったのは、昨晩の深酒がぶり返してきたからだろう。

和三郎はしばらく横井の様子を見ていたが、すぐには起きそうもないと判断すると、茶屋の老婆に勘定を頼んだ。八十五文だという。思っていたより安いので安心した。

「では、うらは先に行くんでな。この人を頼んだぞ」

そういって草鞋を履いて出て行こうとすると、老婆が「だめじゃあ。連れて行ってくれ」としゃがれ声を出して和三郎の防具袋を引っ張った。いや、うらは……と中途半端な態度でいると、今度は和三郎の腰に直接しがみついてきた。その力には「必死」の怨念がこもっている。

「分かった。分かったから離してくれ」

老婆の腕をとってどうにか引き剝がした。そのまま和三郎は小上がりの縁に腰を下ろし、半時ほど熱風の中でこれまでの不運な成り行きを思い出していた。できれば富士川《ふじかわ》にでも放り出してやろか、という不埒《ふらち》な考えも浮かんだ。

（そうしたろか）

いっときは本気でそう思った。できなかったのは目を覚ました横井が「おう、岡殿、迷惑をかけ申したな。すまんすまん」と殊勝な目つきで照れ笑いをしたからである。

次の仕事はちどり足の横井を連れて、富士川を渡船することである。

たびたび洪水を起こし、近隣の村々に災害をもたらした富士川の渡船は、和三郎にしてみればなかなか刺激的で、真近で聳える夏の富士の勇猛な雄姿もほれぼれするほど威圧的だった。

ただ、困ったことに横井は高い船のこべりを、若い女人が着物の裾をからげて乗り込むときは、例のギョロ目を開いてしっかり女人の股を覗き込むのである。見るともなしに見るのではなく、目玉を恥ずかし気もなく開くところに、横井という肥後人の図太い根性が居座っている。感心はしなかったが、そういう熱情の迸《ほとばし》り方も、また正直さゆえのことなのかと、違った思いの発露の仕方を学んだ気がした。

乗船客に巡礼姿の老人七名がいて、船が波に煽《あお》られて激しく上下するたびに、三、四人が和三郎にしがみついてくる。それだけならいいが、舷側《ふなばた》に飛ばされると、袖をつかんだ和三郎を舷側の向こうに突き飛ばして自分だけが助かろうとする爺《じじ》ィもいて、随分往生した。

降りるとき舷側が高すぎて、老婆は和三郎の肩に手を置き、着物の裾をまくって大股開きでまたぐので、和三郎は目のやり場に困った。

横井はと見ると、先ほどとは打って変わって、しきりにゲップを繰り返している。

富士川を渡ると吉原《よしわら》宿に入った。ここまでずっと富士山を眺めてきたが、ここで見る富士山は黒い頂上を隠す厚い雲を突いて聳えている。雲は光を腹に溜《た》め込んでいるので、富士は黄金の国を空に持ち上げているように望める。

船に乗っていた巡礼の老人たちは、どうやら富士祈願に登頂するらしい。老人たちは翌日に備えて、宿に泊まる予定でいたようだ。案内人について「松葉《まつば》」という宿にほっとした顔で入っていた。それほど大きな宿場ではなかったが、それでも追分《おいわけ》から入って本町《ほんちょう》に来るまでにおよそ六十軒ほどの旅籠が目についた。

横井は相当疲れていて、まったく口を利かなくなっていた。次の原《はら》宿まで三里（約十二キロメートル）ある。その次は沼津宿で原から一里半の距離だったが、どうやら横井はそこまで行く気はないらしい。

和三郎は横井の体を気遣って、どうしたものかと思いながら東本町《ひがしほんちょう》に向かったのだが、横井の姿がいつの間にか消えている。どうしたのか、とぐるりと見回すと、ちゃっかり茶屋の床几《しょうぎ》に腰を掛けている。

そこは酒を売る店で、見回すと「富士の白酒」と書かれた幟《のぼり》を掲げた酒屋がそこらじゅうにある。酒飲みがこんないい餌場を黙って通りすぎるわけがない。

しかし、和三郎は冷淡になる覚悟を決めた。

「また酒を飲んでいくのですか」

「そうじゃ。富士ば仰いでここん白酒ば飲むと気宇壮大になり、全てに寛容になるばい。おぬしも一献どうだ」

「うらは宿を探して水を浴びます。それから早飯にします。沼津まで行くのは明日にします」

沼津は水野出羽守《みずのでわのかみ》の城下である。富士登頂を目指す巡礼は浅間《せんげん》神社でまず参詣し、脇道から登ると聞いている。だが、和三郎の目的は水野家五万石の家臣団との立ち合いである。

水野家といえば天保の数年間、筆頭老中を務めた忠成《ただあきら》の名が知られている。幕政を仕切ったほどの藩主であるから、学問だけでなく、藩道場の充実に努めたはずである。その伝統は今こそ爛熟《らんじゆく》期を迎えていると和三郎は踏んでいた。

そのためには、充分に体を休める必要があった。修行人宿もあてがってくれるだろうし、場合によっては数日滞在してみるのもいいやろ、と勘定高く予定をたてていた。

「では、ここでお別れします。うらは明日は水野家の藩道場で立ち合いをしますので早寝します。あ、ここの酒代は自腹でやって下さい」

そう話す間、横井は口を大きく開いて防具袋を担ぐ修行人を見上げていた。前を離れると、わあ、と喚《わめ》いたようだが、丁度酒が運ばれてきたのでいったん持ち上がった腰は床几に落ちた。

和三郎はさばさばした気分で宿を探した。横井の目の届かないところで泊まろうと、路地を入ったところにある「白子屋《しらこや》」という宿に入った。宿への強引な引き込みをする留女《とめおんな》も出ていなかったし、飯盛り女らしい者も見当たらなかったからである。

しかし、解放された気分は長くは続かなかった。

水浴びをしてさっぱりした気分で二階の富士山の眺望のいい角の部屋に戻ると、そこに眼窩《がんか》の窪《くぼ》んだ奥から爛々と目を輝かせている、横井小楠がいたのである。和三郎はがっくりと膝をついた。この悪霊は、江戸までうらに取り憑《つ》くつもりに違いないと予感したからである。

六

「富士の白酒」を飲みながらの講義はさっそく始まった。昼酒での話と、どういう風につながっているのか和三郎には理解できなかったが、大先生の方では酒が入るとそれまで中断されていた回線がつながるようで、なめらかな口調で喋《しゃべ》りだした。

「孔子より百五十年程あとん春秋時代に活躍したんな荘子《そうし》と老子や。こん二人はのちん賢人、詩人に影響ば与えた。白楽天《はくらくてん》、杜甫《とほ》、鴨長明《かものちようめい》、良寛和尚《りようかんおしよう》、芭蕉《ばしよう》もそうだ。儂にいわせれば無為自然の思想などいうもんな楽天家ん過ごし方でな、いってみれば怠け者ん生き方じゃ」

（しかし、飽きるということを知らん人じゃ。だいたい荘子と横井さんとでは世の中の見方、過ごし方がまるで違うやないか。あっちは風流の人じゃ。そう叔父《おじ》がいうておった）

横井は何故か和三郎を見て微笑《ほほえ》んだようだった。ぎょっとした。

「たしかに世俗ば離れて自然に生きられればそれにこしたことはなかが、そりゃ恵まれた環境にあるけんそういえるんであって、子供ばかかえて食うや食わずん百姓に、家族ば捨てて思うがままに生きよと唱ゆるんは無責任の極みじゃ。ばってん『為すば無《の》うして自《おのず》ら然《しか》り』、つまり身分などいう鎧《よろい》ば放りなげて自由に、大胆に生きよちゅう思想は、おぬしんような武士には必要な思想でもあるな」

「自由に、大胆にですか。肝に銘じます」

そう相槌《あいづち》を打ったが、自由などということは考えたこともなかった。それにそんな言葉を口にしたのは初めてのことだった。なんだか体に入ってきた風で頭が掬《すく》われ、山の彼方に飛ばされたような気がした。

「岡殿はどんな書物を読んだのじゃ」

「楽しんで読んだのは『西遊記《さいゆうき》』『三国志演義《さんごくしえんぎ》』それに『水滸伝《すいこでん》』ですね」

「それは元《げん》から明代に書かれた奇書じゃ。学問ではなか」

「『平家物語《へいけものがたり》』十三巻に『曽我物語《そがものがたり》』十巻も読みました」

横井は嫌な顔をした。

「昨日は儒教にも親しんだ口ぶりやったが、どうなんじゃ」

「叔父から『五経素読本《ごきようそどくほん》』十三巻を読まされました。もう六年前のことですが。それが最初です」

「藩政を論じたものはどうじゃ。冷や飯食いでは関心はなかか」

「藩政ですか。そうか、全巻ではないですが、新井白石《あらいはくせき》の『藩翰譜《はんかんふ》』を何巻か読みました」

そういうと横井はおやというふうに目の前にいるのどかな修行人を見た。

「何故『藩翰譜』に目を留めたのじゃ」

「兄が貸本屋から借りて読んでいたのを覗いてみただけです」

「おぬしの兄は何の役についておるのだ」

「小納戸役《こなんどやく》です」

なるほど、暇な役職であるから時はあるな、と面白くなさそうに横井はいってから急に声をあげた。

「陽明学は人間ん本質に迫ることに得意で、道理も正しゅう見極めらるる。ばってん人は権力ば握るとうち欲に走る。道理ん判断ば誤るちゅう欠点も知っとった」

「いきなり陽明学ですか」

そこまでは叔父も教えてはくれなかった。祐筆《ゆうひつ》をしている叔父は博識ではあったが、高価な書物をどんどん買えるほど裕福ではなかった。

「ここからが大事なとこなのじゃ。二年前肥後ば出立して旅に出た儂はまず最初に陽明学者ん山田方谷殿ば訪ねた。新藩主となられた板倉勝静《かつきよ》殿から信頼され、側近となって藩政改革ば推し進めとる多忙ん時であるちゅうとに、途方にくれとった肥後の一介の浪人に会うたっちゃてもてなしまでしてくれた」

「そうですか」

といったものの、会ってくれた山田という人もなかなかのものだが、藩主の側近に旅の学者が会いにいってしまうというのも、結構な図々《ずうずう》しさではないかと和三郎は思った。その思いにおかまいなく、横井はどんどん話を進めていく。それに高い白酒をぐびぐびと飲む。

「どん藩にあったたっちゃそうだが、板倉勝静殿が継いだときん藩ん財政的窮乏はひどかもんで、山田方谷殿は五万石高だが実収入は一万九千石しかなかと語っとった」

「五万石が実収一万九千石ですか」

越前野山、土屋家でもそんなには酷くはなかった。

「それば四年前に大坂の商人に公開して債務延期ば迫った。山田殿のやり方は徹底しておった。質素倹約は無論のことだが、賄賂ば受くる役人は厳罰に処した。傑作なんな新たに開発した煙草《たばこ》、茶、和紙などどん特産品ば大坂ん仲買ば通しゃんで、藩ん船で江戸へ運び、直接販売したことや」

ははは、と横井は笑った。この人の笑い顔は初めて見たと思った和三郎は、その顔が芋虫に似ているのではなはだ愉快になった。

「債務ば延長させられた上、こん仕打ちば受けた大坂商人は口ばあけてあんぐりじゃ。それにこんやり方で藩士たちは航海術ば学ぶことにもなった。一石三鳥じゃな。儂が訪ねたときは、農民から兵隊ば募り、エゲレス式軍隊ば整えとるところじゃった。西洋兵学にも通じとった」

「農民に武器を持たせていたということですか」

「そうじゃ。農兵制じゃな。どの農民に対してもやなか。志願ば申し出てきた者にだけじゃ。それに若か下級武士もかたっとった」

「そういうやり方もあるのですね。エゲレス式かあ。すると鉄砲ですね」

「そうや。刀ばっかりりん時代やなかちゅうことや。なに、こりゃ種子島《たねがしま》が入ってきてからの戦さの変貌の延長にあるんだが、山田方谷殿が採用したのがエゲレス式ちゅうのが新しか。藩内には反発する武士団もいたようじゃ。それ故、方谷殿は命ば狙われたこともあったそうじゃ」

「そうですか。命を狙われる。そういうことはありえますすな」

うらだって何もしてんのに、もう散々な目に遭うておる。

(もうたくさんじゃ。うらはただ江戸で剣術修行がしたいだけなんじゃ)

「なに、こん手の頭ん固か者どもはどけもおる。徳川家ん鉄砲無用論に毒された連中や。それに鎖国政策でこん国は鉄砲ば開発することば止《や》めた。豊臣《とよとみ》方ん反乱ば恐れてんことだが、そんため鉄砲技術の研究が遅れた。これから巻き返すんは難儀なことじゃが、そればやらんばこん国は夷狄にやらるる」

越前野山でも鉄砲の訓練はしている。大砲の研究も怠っていないと噂には聞いている。いずれもここ一、二年に変化が訪れた。だが、和三郎は藩から鉄砲訓練に加わることを許されていない。いずれ学ばなくてはと考えていた。今思うのは、その機会は江戸に行けばあるのではないかということだった。

佐久間象山《さくましょうざん》の名前も和三郎のところに聞こえてきている。

「無論、山田方谷殿の理財論は卓越している。わずか四年でその効果は出ている。儂が訪ねたときは『政令を明らかにせず、目先の利のみ得ようとする改革では成功しない』といってな、その書には、『それ善《よ》く天下の事を制する者は、事の外に立って、事の内に屈せず。しかるに今の財を理《おさ》むる者は、悉《ことごと》く財の内に屈す』とある。分かるな」

「はあ」

(目先の利益にこだわっては国を滅ぼすということやろか。しかし、食えない民は目先のお救い米にすがるものや)

「『それ綱紀ば整え、政令ば明らかにするは義なり。餓寒死亡ば免れんばする欲は利なり。君子はそん義ば明らかにして、そん利ば計らず、唯《た》だ綱紀ば整え政令ば明らかにするんば知るのみ』てある」

「君子はその義を明らかにして、その利益を求めてはアカンということなんですか。よく分からない」

横井は和三郎の疑問をシカトした。

「そう家臣からつきつけられたら、どん殿様も頭に血が上って家臣ば手討ちにするところなんだが、そん諫言《かんげん》や善しとするところが板倉勝静殿ん偉かところなんじゃ。賢君ば持つ藩は羨ましかとう」

酒を飲む横井の目がいつの間にか充血している。何かを思い出したようだった。頭を振って膳に載せられた田楽を食った。

「こん山田方谷ちゅう方は一見ひ弱そうであるばってん、実は秘めた信念の凄みは他のあらゆる学者ば凌駕《りょうが》しとる。しかも一升酒ば飲んで泥酔するところがなか」

(横井さんとえらい違いやな)

「儂より四歳年上だが、学識、実行力、人徳、全てにおいて儂など到底及ぶところやなか。陽明学ばようしながら、門戸ば叩いてくる者には教義に入りやすか朱子学から教ゆるちゅう。それでいて朱子学には、『我が心のうちば置いときぼりにして、そん心がどれだけ納得しとるかば問うことはせん』ちゅう欠点があることも承知しとった。いや、凄か方がおるもんや」

「ほう」

と和三郎が感心のため息を漏らしたのは、この人は決して他者を褒める人ではないと見定めていたからである。自説にだけこだわり、相反する者の意見などには耳を傾けない偏狭な人物だと思っていた。

（案外、横井さんは奥行きのある人物なのかもしれん）

「それはそれとして、横井さんの起こした小楠堂はどうされたんですか。二年も旅に出られては門人も困るでしょう」

そう聞くと、横井は明からさまに渋い顔をした。

「聞いてくれるな、修行人。小楠堂はもうなか。あることにはあるが門人はおらん。実学党は続いとるばってん、藩内でん勢力も薄れた」

「それはどういうわけですか」

「以前申したじゃろう。長岡監物家老には筆頭家老松井章之《まついてるゆき》という敵がいるとな」

（聞いたかな、ま、ええか）

「松井らは藩校時習館ば拠点に『学校党《がっこうとう》』ばつくり実学党に圧迫ば加えてきた。

筆頭家老ん勢力下に入ろごたる者が競うて入学した。折りから、水戸ん徳川斉昭殿や藤田東湖殿が幕府から隠居、蟄居《ちっきょ》ば申し渡された」

（そんなことがあったんやな。でも誰にそんなことを命じる力があるんやろ）

「我が実学党は水戸派と通じとるとみられとったけん、我らは思うごつ研究会が開けんくなった。そぎゃんこともあって長岡殿は弘化《こうか》四年（一八四七年）に家老職ば自ら辞された。我らは志半ばで折れたんじゃ」

（挫折したんやな）

「だが、それで終わったわけやなか。昨年、水戸ん斉昭様ん復帰と共に東湖殿が江戸に現れたと聞いて我らももう一度立ち上がろうと決めたんじゃ。こん国難んとき、攘夷《じょうい》ば声高におめくんな斉昭様と藤田東湖殿しかおらん」

（夷狄が来たら殺せちゅうのはみながいっていることじゃ。勘違いしたらあかんな。うらだって同じ思いや）

「無論儂も攘夷論者だが、なんせ権力がなか。つまり金がなかちゅうことじゃ。諸国遍歴ばしたんも同志ば集むるためでもあった。実学党ば天下に広めよごたるとじゃ。じゃが、おぬしは講義代ん代わりに儂ん酒代ば払えば良か。嬉《うれ》しかとう」

「おい」

しかし、横井の横顔に悲壮の陰が浮いて沈んだ。波の間から、決起と悲壮の文字が入れ替わり現れてきているようだった。和三郎は酒代くらいどうでもいい気がしてきた。

「今度ん江戸行きではどぎゃんしてん東湖殿にお会いして意見ば交わそうて思うとる。実はあん事件以来、儂は国許《くにもと》で逼塞《ひっそく》ん身になってな」

「逼塞ですか。外に出られんちゅうことですか」

「昼間はおおっぴらに歩けんということじゃ。まるで盗賊じゃな。先ほども申したごつ、藩ん中で筆頭家老ん松井章之と、儂ば支援してくれた長岡監物様とん対立が背景にあってな、儂はそんあおりばまともに食ろうたんじゃ。ま、政争は学者にも被害が及ぶちゅうことじゃ。魑魅魍魎《ちみもうりょう》が跋扈《ばっこ》する世界ばい、なのよ」

（なのよ？）

「それ以来儂は江戸に行く機会ば失した。それで、儂は朱子学ん研究会ば開き、熊本で『学政一致』ば実現させようと密《ひそ》かに人材ば集めた。つまり東湖殿が申しとった学問ば政治に直結さするちゅうことじゃ。藩主ば賢君に育つるちゅうことじゃ」

「はあ。それはまたすごいことやね」

「すごかことだが、やらんばならん。どうせこんままでは、熊本藩ん民は餓死する。すなわち藩そのものが壊滅する。それば防ぐには貧しか民ば富ます改革が必要なばい。それには藩主、それに連なる重役ん頭ん中ばもう一度洗濯しなおす必要がある」

「頭の中を洗濯ですか。藩主の頭を盥《たらい》に入れてゴシゴシやるということですか」

「おまえはバカか。洗濯板で細川斉護《ほそかわなりもり》様ばゴシゴシやったら切腹もんじゃ。それでのうても養子ん身である斉護様は弱腰でな。ペリーが来朝することは半年前から幕府は知っとった。それで我が藩は早《はよ》うから江戸湾警備ば命じられとったんじゃが、なんせ資金がなか。それ故、どうも江戸湾ん警備には上ん空なんじゃ。これでは人民は窮するばっかりじゃ。洗濯することは学ば植え付くるちゅうことじゃ」

「でも横井さんは今ここにいて酒を飲んでいるではないですか。どこから始められるのですか」

「おぬし、バカのうなかせにいたらんところに気が回りなすな」

「はあ」

「お、酒が空じゃ。下へいってとってこい。今度は四合徳利でいくぞ」

和三郎が戻って来ると横井は倒れていびきをかいていた。

それで四合徳利を横井の頭の横に置いて、和三郎は残した飯を食べにかかった。牛蒡《ごぼう》と泥鰌を一緒に齧《かじ》ったところで横井がむっくり起きた。

「ところで、おぬし、人に恨みば買《こ》うとらんか。それとも仇討《あだう》ちか。先ほど、おぬしがこん宿に入るところば誰かが隠るるごつして見とったぞ。うろんなやつであったな。百姓んなりばしとったが、あいつは百姓やなか、百姓は腕組みばして歩む。腰に手ば置いて歩む百姓などおらん。あれは侍じゃ」

それだけいうと横井は再び横に倒れた。むにゃむにゃという寝顔に苦悩が現れていて、哀れを誘ったが、和三郎はそうしているときではなかった。

（やはり、刺客がうらを狙っておるのか。あの里隠れの爺さんのいった通りだな）

国許から、誰かを刺殺するように命じられた飯塚らの本来の標的が、自分ではないことは水ノ助から聞いて知ったことだ。では自分を囮《おとり》にしてまで江戸に向かわせた大事な人物とは誰なのだろう。数日前までは直俊様を護衛する剣客だと思っていたが、そういう人物だけに的を絞るのは間違いなのではないか、という考えも湧き上がってきた。

それが囮の自分であれ、別の剣客であれ、敵は執拗《しつよう》すぎるのである。何か間違った情報を敵側が得て、それで自分ごとき小納戸役の三男坊が狙われることになったのではないか。もしかしたら、藩の存亡にかかわる密書を持って江戸に向かったと思われているのではないか。

(いや、密書ではなく、その人物その人が、藩にとっては秘密にしておかなくてはならない重要な人なのかもしれない。しかし、それはどんな人物だというのだ)

それが誰かということは、お年寄りの田村半左衛門が知っていることだ。

(うらに気前よく百両もの大金をくれたが、それもいずれうらが刺客に殺られるという筋書きを描いていたのかもしれんな。そもそもあの田村半左衛門が殿の味方のふりをして、裏切りの黒幕ということもありえるではないか)

そう考えるとますます何がなんだか分からなくなった。どだい、藩政の中心にいる重臣どもの計略など、武者修行で舞い上がっていた田舎の道場の師範代の見習いごときに、推し量れるわけがないのである。

和三郎は考えるのをやめて、行灯《あんどん》の火を消した。それから母から与えられた脇差を荷物から取り出し、腰に差した。木刀を持ったのは、せっかくの脇差に汚れた者の血を吸わせてはならないと思ったからである。

小袋からインゲン豆と尖《とが》った小石をつかみだして、部屋の前にばらまいた。横井に災難が降りかかっては気の毒だとおもんぱかった。

廊下に足を踏み出すと、用心深く摺《す》り足で進み、裏の狭い階段を探り当てて、宿屋の裏庭に降りた。その暗がりに蹲《うずくま》ったのは、刺客が現れるのを待つつもりでいたからである。

（どうしても、こういう物騒なことに出くわす運命にうらはあるようだ）

田舎者の剣士としては、このふやけた時代にあって、それは恵まれた運を持ち合わせたことなのかもしれんと解釈していた。

七

意外だったのは、和三郎が裏庭に蹲るのを待っていたかのように、人影が現れたことである。月は雲間に隠れていて、その者の風体まではっきりとは分からなかったが、二階の角部屋を見上げている様子は窺えた。

とりあえず、和三郎は木刀の柄《つか》で尻をつついた。その男がどのような企《たくら》みを持っているのか探るつもりだったのである。

ところが仰天した男が両腕を真上に上げてかまびすしい叫び声を上げた。和三郎はあわてた。それで反射的に木刀を返すと、男の後頭部を切っ先で打った。

「け」

と喉から音を出して男はその場に落ちた。二階の部屋の障子が開き、宿泊している旅人が欄干から下を覗いた。痛えと喚く者がいたのは、和三郎がばらまいた小石を踏みつけたからだろう。

（やはり小石はまずかったかな）

角部屋だからよいだろうと思っていたのがいけなかったようだと反省しながら、くせ者を裏庭から表に引きずって運んだ。体は小さいが肉が詰まっているのか米俵のように重い。

暗い土間に運び入れると何事かと主人と番頭、小僧が飛び出してきた。

「怪しい者が二階を窺っていたので捕らえた。縄を持ってきてくれ」

「どうなさるんで」

「まず縛る」

「お役人を呼びますか。しかし、この方はお武家様のようですが」

そう主人にいわれて、暗い土間を照らす行灯にくせ者を置いてすかし見た。たしかに着流し姿だが脇差を差している。役人を呼ばれては面倒なので、

「まず縛る。あとはうらに任せろ」

といって、色黒の三角形の顔の眉間に大きな黒子《ほくろ》がある武士を、小僧が持ってきた荒縄で縛った。

男は長旅をしてきたようで単衣《ひとえ》の着物から汗と泥の混ざった臭いがしてくる。だが、旅の荷物は持っていない。恐らく三十半ばだろう。くせ者には見えなかったが、しかし、裏庭から様子を探るからには何か魂胆があったのだろう。

和三郎は伸び始めている武士の月代《さかやき》の上から水をぶっかけた。男は目を見開いた。覗き込んでいる者たちを見る目の血管が、仰天したあまり破れそうになっている。

「おまえは何者だ」

「うわう、うわう」

「うわうじゃ分からん。何故うらを狙った」

「あ、それがしは、あ、なんで、こぎゃん目に遭《お》うておるんじゃ」

分厚い唇が震えている。和三郎は武士の脇差を鞘《さや》ごと帯から抜いた。

それで武士の顎を下から叩いた。

「うらをつけ狙っていたやろ。何故だ」

そう尋問しながら、

(横井さんが見たうろんなやつとはこの男だろう。じゃが、確か百姓のなりをしていたといっていたな)

という疑問も湧いていた。

武士は怯《おび》えた目を剝いて和三郎を凝視した。

「あんた誰だ」

「とぼけるな。うらは岡和三郎や」

「知らん。おぬしなんか知らん。それがしはこん宿に泊まっとらるる横井小楠先生ば訪ねてきたばい」

「なんじゃと」

和三郎はまだ驚きを隠せないでいる主人と番頭を交互に見て、なんじゃと、ともう一度呟いた。

「ならば、何故堂々と訪ねてこんのや。どうして裏庭になんか立っていたんや」

「それが、そん色々事情がありまして、どぎゃんしたもんかと、迷うとったんで」

まあ、ええ、といってとにかく和三郎は固く縛り付けた縄を解《ほど》いた。

「こいつはうらの連れを訪ねてきたというておる。まず、二階に連れていく。あ、この濡れた着物を脱がして浴衣《ゆかた》でも着せてやれ。それから二階の廊下に小石が転がっておるから先に掃き出しておいてくれ」

和三郎は脇差を肥後訛《なま》りのある武士に返した。項垂《うなだ》れた武士は框に上がるとおとなしく着物を脱がされて、濡れた体を拭かれるまま突っ立っていた。そして下女が持ってきた浴衣を頭を下げて着た。

「いてえ」

そう呻《うめ》いたのはそのときになって、和三郎から打たれた後頭部の傷に気付いたからだった。

眠っているところを起こされた横井は、最初の内はどうして熊本藩の石井宗之《いしいむねの》助《すけ》がここにいるのか、事態が飲み込めずに不機嫌な様子でいたが、和三郎が最前持ってきておいた四合徳利に、酒がなみなみ浸してあるのを知って、急に表情が和らいだ。

ふたりの話を黙って聞いていて分かったのは、この石井という者はかつて横井から朱子学を学んだことがあるということだ。

石井は御用の旅で江戸に行く途中で横井の姿をみかけた。それは府中に入る前の手越河原でのことで、およそ二年ぶりに見る横井は別人かと見まがうほどやつれていて、声をかけるのを躊躇《ためら》った。

「それでも横井さんと分かったのなら何故挨拶をしなかったのや」

「それが……」

安倍川を川越《かわごし》人足に肩車されて渡り出すと、人足が河原石に足を滑らせ、川に落とされてしまった。その内に見失ってしまったという。

「ほうか。それでここへ来る途中でまた横井さんを見かけたのだな」

「そうや」

「それはどこや」

石井は言い淀《よど》んだ。横井の厳しい視線とまともにぶつかったからである。いってしまえ、と和三郎に急《せ》かされて、情けなそうに睫毛をしばたたいた。

「実は、それがしも一昨夜、府中宿ん廓《くるわ》『初音』にいっとりましたもんで。横井先生が暴れとるんば知って、あわてて出てきたようなわけでして、面目なか」

「暴れとったんやなか。儂は狼藉ば受けとったんじゃ。こん粗忽者《そこつもん》め、なして助けん。おかげでえらか散財ばしたぞ。二両三分二朱じゃ。石井、おぬし、儂に払え」

そう真面目《まじめ》に塾生に怒鳴るのを目の当たりにして、さすがに和三郎は唖然《あぜん》とした。

先生を置いて姿を消してしまったことをずっと後悔しながら旅を続けていた石井は、今日、再び横井の姿を富士川を渡った茶屋で認めて、ずっと声をかける機会を窺っていたのだという。

「ではこの人は、横井さんが先ほど見かけた、百姓姿の侍という者とは違うのですか」

「まったく別人じゃ。いくらえいくろうとったっちゃ、得体ん知れん者と元塾生ん区別くらいつくわい」

「元塾生ですか」

「さよう。朱子学ん研究会に顔ば出していただけやなか。儂ん『小楠堂』ん門人やったんじゃ。だが、石井は儂ば裏切って松井章之側ん『学校党』に入ったんじゃ。出世に目が眩《くら》んだんじゃ」

「裏切ったなどと、そぎゃん。先ほども庭先で先生んご講義ば拝聴しとりました。

藩ん重鎮どもん頭ば洗濯するちゅうお話、まったくそん通りやと感服いたした」

「黙らしゃい。おぬしなんかに感服されとってたまるか。それより、何ん用で儂んあとばつけてきたんじゃ」

「それがでございます」

石井は急に口元を引き締めて横井ににじり寄った。

「なんじゃ。二両三分二朱出すか」

腕組みをして元門弟を食いつきそうな目で睨んだ。石井はあわてて頭《かぶり》を振った。

「横井時明《ときあき》様んお加減がよろしゅうなか。もう三月も臥《ふ》せっとらるる」

「な、兄上が。どぎゃんことじゃ」横井の髪がいきなり逆立った。

「胸ば患《わずろ》うとらるる。小楠様は諸国遍歴ん旅に出掛けられたまま、居所が知れまっせん。二月前に福井におらるるとん封書が奥方様んところへ届いたちゅうけん、時明様ん中間《ちゅうげん》が向かったそうばってん、生憎《あいにく》横井様は出立された後であったそうでございます。それがしが熊本ば出たんな、そん報告ば聞いた直後んことばい。時明様は大分悪かごたってございます」

「そうか。兄上が」

「至急戻ってくれん。もしもんときには家禄《かろく》百五十石がお召し上げになり、横井ん家督が絶えてしまう」

横井は何もいわない。ただ徳利を片手に持って唸《うな》っている。その内、顔が紅く膨れ上がり赤鬼のようになった。

「横井様。どうぞ至急お戻りなされ」

「せからしか。いらざる斟酌《しんしゃく》。おぬしは宿に戻れ」

すさまじい剣幕で横井は怒鳴った。しょげかえった石井宗之助はうなだれて戻っていった。階下で礼をいう声がするのは、浴衣を返しているからだろう。

和三郎は夜を見つめて唸っている横井を置いて、薄い麻の上掛けを腹に置いて横になった。

そのままの姿勢で、座っていた横井が立ち上がったのは八ツ（午前二時頃）だった。行灯に火を灯すと、手早く荷物の中から新しい草鞋を取り出して、脚絆《きゃはん》を巻いた足に履いた。

「岡和三郎殿。起きとらるるか」

「はい」

和三郎はむっくりと起き上がって横井を見つめた。

「突然じゃが、儂は熊本に戻る。おぬしには世話になった。また江戸で会ゆることもあるじゃろ」

「はい。色々と学ばせて頂いた」

「うむ。機会があれば江戸藩邸に訪ねてこられればいい。借りはそんとき返す」

「お願いします」

「酒は飲みなすなや」

そういって横井は廊下に出た。階段を踏むきしんだ音が、横井の胸中を表しているように小さく鳴いている。

(あの方も生涯忘れられん人になりそうだな。いや、もうなっている。実にこわい人だった)

行灯の灯された部屋にはまだ酒の臭いが強く残っている。ざっと見回した和三郎は、そこから徳利が消えているのに気付いた。

たいした御仁だ、と感服した。

第四章　心温まる交流

一

今朝、六ツ（午前五時頃）に起きて宿の裏庭で木刀を振るっていると、

「お迎えの方がこられました」

と番頭が知らせにきた。何のことか分からず、きょとんとしていると、

「藩の道場の茂木《もぎ》というお方です」

という。

「おお」

昨日のうちに宿の主人を通して、沼津藩の藩校道場での立ち合いを頼んでおいたのだが、夜になっても何の返事もなかった。それで半ばあきらめていたのだが、それがいきなり道場に案内するという。それにしても六ツを過ぎて四半時（約三十分）しかたっていない。

（随分、早すぎるんやないか）

面食らった。

急いで表にいくと、宿の土間には和三郎と同い歳《どし》くらいの色白だが、どこか才走った風貌の武士が立っていて、油断のない目を向けて頭を下げた。

「茂木治助《じすけ》と申します。早速ですが、これから『明親館《めいしんかん》』にご案内致します。すぐにご用意頂けますか」

「分かりました」

部屋に戻り、袴《はかま》を穿《は》き、新しい草鞋《わらじ》をつけ、剣道具をいれた防具袋を担いだ。母から預かった脇差は腰に差した。荷物をもって帳場に降りたのは、そこに財布もろとも預けるためである。

道みちそれとなく茂木治助に事情を聞いた。

「我が藩ではもともと藩校では儒学に重きを置いておりまして、儒官が偉そうにしておりました。文武両道はたて前でござりました。ちょっと恥を申すようなのですが……」

といって茂木はいったん言い淀《よど》んだ。

「藩道場の『明親館』というのも仮称でございまして、道場自体はありましたが、まだ正式に藩から認められたものではないのです。それでこれまで武道指南役という方はおりませんでした。ま、城下の道場ではそう自ら名乗る方もおりますが。ともあれ藩では他藩の武芸者との立ち合いは禁じておったのです」

水野出羽守ともあろう名家が武道をないがしろにするとは思えなかった。茂木はそういう藩の方針に反発するものがあって、他国者の、しかも初対面の修行人に鬱憤を漏らしてしまったものらしい。

そんな茂木に和三郎は好感を抱いた。

「それが今年の初めからにわかに剣術が盛んになりました。藩が奨励するようになったからですが、理由は知らされておりませんでした。それが、ご存じかもしれませんが、つい先日の黒船騒ぎ以来、多くの者が湾岸警備に送られました。私にも後詰めで下田《しもだ》警備の命令が下されておりまして、明後日には城下を発《た》つ予定です」

城内にある藩校道場に着いたのは六ツ半（午前六時頃）を過ぎたばかりだったが、すでに道場には二十名以上の者が稽古着を着て、それぞれ思い思いに竹刀《しない》を振っていた。これまで剣術が盛んでなかったとは思えない熱気に溢《あふ》れている。

師範はいなかったが、師範代の八代多四郎《やしろたしろう》が最初に出てきて、和三郎の姓名を聞いた。和三郎は用意してきた武名録を手渡すとさっそく、稽古着に着替えた。道場に出ると、その数は倍に増えていた。多くの者は稽古着のまま長屋からやってきたものらしい。

和三郎が修行人の席につくとそこは四十五番目になっていた。他藩からきた修行人が和三郎の他に四人いた。みな腹をすかした様子でいる。

沼津藩藩校道場では四十四名の藩士と立ち合った。およそ二十坪もある板張りの立派な道場である。

立ち合いはそれぞれ十本勝負だったが、先に六本先取した方から勝名乗りを受けるという試合方式ではなく、これまでも立ち合いをした道場と同じように、勝敗を見定める審判はおらず、地稽古と同じやり方である。

この稽古にはある種、礼儀が定まっている。一本入れられたとき、負けた方はそっと頭を下げるのである。もしくは一歩足を引いて負けを認める。

面を取った方でもそれとなく頷《うなず》く。決して威丈高にはならない。

「メーン、おメンイッポン」と道場中に響き立てて鬨《とき》の声をあげる者もいるが、大抵は切紙《きりかみ》程度の未熟な者である。むしろどこの道場でも大半がこの「鬨の声」

派だ。下級武士や町人が混合でやる町道場はこの手合いの弟子がほとんどである。頃合いを見計らって、審判が『止《や》め』の号令を掛ける。するとそれまで稽古をしていた者は剣を引き、礼をして場所を移動して、次の者と竹刀を合わせる。始め、の声で互いに掛け声を出す。和三郎はほとんど声を出すことがない。蹲《そん》踞《きょ》し、竹刀の切っ先を合わせて間合いを計る。

そこでまず相手がどれほどの技量の持ち主か推し量ることができる。手首のしなり、呼吸《いき》づかい、肩の微《かす》かな動き、面の奥にある目の動き、落ち着き、足取りなどでどの程度の技量の持ち主か分かる。

十本勝負の場合、和三郎はまず最初に一本面を取る。二本目は一本目より迅速に小手を打つ。そこで相手は大抵用心をしだす。足を前後に動かしはじめる者もいるし、左右に体を移していく者もいる。

相手がどう動こうが、和三郎の竹刀の切っ先は常に相手の喉につけている。相手がどのように逃れようが、蛇の頭のように常に暗がりから見定め、間合いを計っている。

そして機をとらえると、瞬時に踏み込み敵の喉を刺す戦法である。敵の切っ先を抜いて頭に一撃を落とすこともある。

だが、腕が同じ技量の相手にはそうはいかない。竹刀を絡めあい、引き合い、飛ばしあい、様々な小技を繰り出して隙を見出《みいだ》そうとあくせくするのである。

技量が劣る相手には六本を先取したところで、相手の受けに回る。受けながら、隙ができるとそこを軽く打つ。

そうして沼津藩藩道場での初稽古は終わった。

（四十四人はさすがにきつかったな）

途中休憩を交えたが、終えるまでにおよそ一時半（約三時間）かかった。

きつかったのは道場内の温度が途中から急激に上がり、汗が絶え間なく額を流れ落ちてきたからである。

師範代は状況を察して、面をはずす時を藩士に与えたが、替えの手ぬぐいを持っていなかった和三郎は随分往生した。

終了の礼を並んでし終えると、それぞれ立ち上がって道場を出て行った。着替え室に行く者もいるし、井戸端に急ぐもの、そのまま防具袋を担いで稽古着を着たまま帰って行く者もいる。

見慣れた光景である。

ただ、和三郎はざっとみなを見直して、意外な思いにかられていた。手応えを感じたのは、四十四名の内、わずか一人だけだったのである。

他藩からの修行人という者たちも、それぞれ流派も歳《とし》も異なるのだが、一様にまだ初伝目録の程度を出ていなかった。あの程度の技量で藩からよく武者修行を許されたものだと、少々あきれた。

初伝目録とは流派によっては切紙、初伝ともいうが、師匠が最初に門弟に与える免状である。入門して二、三年たてば与えられるはずである。

武田派一刀流では初伝目録、中目録、免許、大目録と四段階がある。流派によっては六段階まであるところもあるというが、それは師匠の気分次第である。

和三郎は免許皆伝を許されたが、免状の謝礼として三両を支払う必要があり、それだけの金子《きんす》を工面できなかったため、免状は師匠預かりとなっている。ただ、入門してわずか八年で免許皆伝までいきついたのは岡和三郎ただ一人だけだった。

同期に入った市村貫太は昨年の秋にようやく目録までたどりついた。そのせいか、

「うぬには天賦の才がある」

などとおだてて酒の飲めない和三郎を居酒屋に誘い、ただ酒にありつこうとするが、和三郎自身は自分は凄《すご》いなどとはまったく思っていない。

十四歳のときには、旅の絵描きをからかってあっという間に組み伏せられたこともあるし、十六歳の生意気盛りの頃、諸国行脚《あんぎや》の旅をしていた托鉢僧《たくはつそう》に棒術で挑み、散々に打ち据えられた末、弟子入りを願ったこともある。

（世の中は広い。強い人はそこいら中におる。慢心は禁物や。いい気になっておったら殺されるぞ）

いつもそう自分の心に言い聞かせていた。

ただ、修行の旅に出たからには、なるべく骨のある相手と立ち合いたい。それは理屈ではなく剣術だけをしてきた者としての、性《さが》である。だから、ここまで案内してくれた茂木治助に対しても、

（気力に溢れているが、まだようやく切紙を得られる程度やな）

と思うのである。沼津藩の武術は心形刀流《しんぎようとう》で最初に受ける免状は切紙だったはずだ。

（それにしても腹が減った。とにかく宿に帰って朝飯を食おう。もう腹が背中にくっつきそうや）

面を前に置いて汗を拭っていると、師範代の八代が心なし笑みを浮かべて近づいてきた。和三郎が最初の面会のときに差し出した武名録を手にしている。

「さすがここに書かれてある通り、方々の道場で立ち合いをされただけのことはありますな。うちの道場の者では、この『武名録』に署名するほどの骨っぽい者はおりませんでしたろう」

「いえ、とんでもない。未熟な技をおみせしまして申し訳ございません」

「何名かの者に名をしたためさせました。やつらにとってはいずれ誉れになることだろうが、岡さんには枯れ木も山の賑《にぎ》わいというところでしょうが」

「いえ、そんなことは」

和三郎は汗を拭った。

そこへひとりの丸顔の藩士がやってきた。ちょっとよろしいですか、と八代に挨拶をしてから、和三郎の横にきて座った。

「陣内弥三郎《じんないやさぶろう》と申します。これをどうぞお使い下さい」

そういって真新しい手拭いを差し出してきた。

「これはかたじけない」

「さっそく井戸で汗を拭われるがよろしかろう」

「かたじけない」

和三郎は防具を片手にまとめて、竹刀を下げるとさっそく道場の裏手にある井戸端まで急いだ。

(陣内さんもうらのことを認めてくれたんやな)

声を掛けてきた陣内弥三郎こそが、四十四人のうち、唯《ただ》一人和三郎と互角以上の勝負をした相手だったのである。当然免許皆伝だろうと察しがついた。

(直心《じきしん》流だな)

八相から斬り下げ、返す刀で下段から斬り上げてくる鋭さが光陰のようだった。さらに斬り上げた後の陰が消えない内に、同じ軌道上を切っ先が襲いかかってくるのである。その技が決まると、その防ぎ手は見いだせず、たわいなく肩を打ち砕かれた。

(真剣だったら三度即死していたな)

それに対して和三郎が確実に先にとらえることができたのは二度だった。

二

井戸端には水野家の藩士に混じって、ふたりの修行人が体を拭っていた。その内のひとりの三十歳くらいの無精髭《ぶしょうひげ》を生やした侍が、和三郎が来たのに気付いて、おぬし、相当やるな、といった。日焼けした頬骨に水が当たって生臭い鯰《なまず》を思わせた。

「この藩では修行人の宿代は出してくれんぞ。知っておったか」

「いえ、知りません」

「宿は五十以上あるが、修行人宿は一軒もないぞ」

「はあ、そうだったんですか。それで……」

昨日、沼津宿に入って本町《ほんちょう》、上土町《あげつちちょう》の宿にあたって修行人宿を探したのだが、そういう宿はないと知らされたのである。それで下本町《しもほんちょう》にある旅籠《はたご》に草鞋を脱いだ。三百文だった。藩校道場と連絡がとれれば、それ相応の宿賃を払ってくれると思ったのである。

しかし、迎えにきた茂木治助からもそういう話は出なかった。

「半額も出さんというのじゃ。水野家五万石はしみったれじゃ」

「そういうがな、水野家は幕閣から睨《にら》まれておるのじゃ。忠成時代の賄賂政治で相当貯《た》め込んだと嫉妬されておる。ただ、実際の藩庫はカラじゃ」

背は低いが胸筋の発達したもうひとりの修行人が、横合いからそういってたしなめた。

「そんなわけないじゃろ」

「いや、カラじゃ。ここ数年幕府の海防政策で藩士をたくさん動員させられちょる。それにな昨年はひどい旱魃《かんばつ》でな。通年の三割も収穫が減ったんじゃぞ」

「旱魃はどの領でもそうじゃ」

「水野家は今年もひどい旱魃に見舞われておる。このままでは百姓は種もみまで持って行かれっちょうぞ。藩士は軒並み藩に扶持米《ふちまい》を半分も借り入れられておる。ここは貧乏藩じゃ」

「ま、ここに何日もいる気はないわな。これから発てば昼過ぎに箱根関所を越え、夜までに小田原《おだわら》につくじゃろ」

するとは鯰侍は奇妙に下卑た目を和三郎に向けてきて、

「若いの。おぬしも一緒に行くか。箱根関所は昔からわけありの者が抜けるところでな。畑宿《はた》あたりで待っておればひと稼ぎできるぞ」

と囁《ささや》いた。

それは山賊どもに混じって旅人から金銭を脅し取るということだろうか、それとも、

「山賊退治をするということですか」

と和三郎は思いついたことを口にした。

「山賊を退治するのは骨が折れる。それに山賊がいるのは遥《はる》か山の彼方《かなた》じゃ。それも膝栗毛《ひざくりげ》の戯作者《げさく》が面白おかしく書いただけで、駆け落ち者を襲う山賊など実際にはおらんのじゃ。儂《わし》らはいってみれば一緒に関所を抜けて同行するだけじゃ」

「それでひと稼ぎできるのですか」

「できるな。江戸から来た旅人と須雲《すくも》川から関所までを二度ほど行ったり来たりするだけで銭が入る。雲助《くもすけ》の駕籠《かご》に乗ってびくびくしている商用のご隠居などは、儂らがついておれば安心して銭を払うという寸法じゃ」

得意げにしゃべる男を片割れが苦い顔をして見ていたが、とうとう、おいといって髭鯰の肩を叩《たた》いた。

「この若者はわしらと違って志を持った若者じゃ。つまらんことに誘うんではないわい」

そういわれると、髭鯰は急に興ざめした顔付きになって、井戸端を離れていった。

そのうしろから茂木治助の赤い顔が現れた。

「岡さん、これからお発ちですか？」

「いえ、一旦宿に戻って飯を食うつもりです」

もう耐えきれないほど腹が減っていた。腹の虫もくたばったのか鳴かなくなっている。

「そのあとどうなさいますか」

「できれば箱根の湯本《ゆもと》まで行こうと思っているのですが」

体のあらゆるところが軋《きし》んでいる。腹の傷も気になる。湯本で安い宿を見つけ、江戸に入る前に湯治をして、体を横井小楠がいったように「洗濯」し直す必要があると考えていた。

「もしよろしかったら、今晩一晩付き合ってもらえませんか。寺の境内で剣術の稽古をしているのです。侍だけでなく、町の者もいるのですが、本物の剣客が来るとなるとみな、大喜びします。どうでしょうか」

町の者たちに剣術を教えるのは退屈だった。拍子ぬけするし、どうも気合いが入らないのである。

それで即答はできずに、「それは……」と言い淀んだ。

「稽古のあとは酒を飲んだり鰻《うなぎ》の蒲焼《かばやき》などの肴《さかな》を食ったりします。これが楽しみでみな集まるんです。それと……」

茂木は照れたように目をあらぬ方に向けた。

「今夜は私の送別会も兼ねているんです。下田についたら今度はいつ戻ってこれるか分からんですから。ま、戻ればいいんでしょうが」

そうか、と和三郎は思い出した。茂木は明後日には沼津を発つといっていたはずだ。

「今夜、どこか泊まれるところがあれば行きますよ」

茂木の白い顔がさらに明るくなった。

「狭いですが、我が家でよかったらどうぞ。両親と弟と妹がいますが、お部屋はご用意できます。後ほどお迎えにあがります」

「では、それまで宿で休んでいます」

「六ツ(午後八時頃)に参ります」

茂木は嬉《うれ》しそうに道場に戻っていった。和三郎は師範代の八代に挨拶をすると、防具をまとめた防具袋と竹刀入れを担いで宿に戻った。朝飯は片付けられていたが茶漬けでいいというと、下女が運んできた膳には菜っ葉のほかに牛蒡《ごぼう》と鮭《さけ》がついていた。それで三杯の飯を食って一息ついていると、番頭が宿代を請求しに部屋まできた。

三百文を支払って、夕方まで休みたいというと、八ツ（午後三時頃）には新たな客を迎える準備があるので、ナントカカントカともぐもぐいっている。では三十文出すというと、番頭はしぶしぶ頷いたが、それでも七ツ（午後五時頃）までと刻限を切った。

番頭がいなくなると、和三郎はさっそく横になった。目が覚めると、廊下に下女が突っ立っていた。どうかしたか、と尋ねると、「もう八ツ半（午後四時頃）を過ぎただ」という。仕方なく起きて、荷物をまとめて下に持って行った。

「六ツまでには戻る。それまで預かっておいてくれ」

有無をいわせずそういって宿の下駄《げた》を履いて外に出た。町をうろうろしても仕方ないので、まず富士浅間神祠《せんげんしんし》のある浅間社を参詣した。神宝は雌雄の鸚鵡《おうむ》石だというが、大きさは三寸余りと小さく奥の院に鎮まりかえっているので、外からうやうやしく二拝二拍手一礼をして賽銭箱《さいせんばこ》に銅銭を三枚入れて浅間神社を出た。

それから旅人の行き交う細い道を港までいった。そこは川曲輪《かわぐるわ》町といって、たくさんの漁船や商船が停泊していた。人足もたくさん出て船から荷を積み下ろししている。旅人が乗り込む船が目に留まったので、あれはどこへいくのか、とそのあたりにいた者に聞いてみたが、方言が強くて何をいっているのか聞き取れない。すると、横にいた商人風の者が「江尻まで行く船です」と教えてくれた。

その内また腹が減ってきたが、我慢して海風に吹かれていた。市場ではまだ水揚げが終わっていないらしく、遠くからでもサビついた男どもの声が響いてくる。

（港は賑やかでいい。いつも大海を我が視界の中に収めている）

山間部にある越前野山では海の香りは贅沢品《ぜいたくひん》だった。海の幸を売りに城下に魚の行商人がやってくるときは、そこいらの長屋から人々が出てきて、魚の入った平たい箱の前に群がった。買うのは二百石以上の内、上士の家の者だけだった。

和三郎たちは海の魚の匂いをかいで豊かな気分になっていた。

六ツの四半時前に宿屋に戻ると、上がり框《がまち》に茂木治助が腰を置いて和三郎の帰りを待っていた。ほっとした茂木の表情が和三郎の気持ちを和らげた。沼津に留《とど》まってよかったと思ったのである。土間で草鞋をつけ、荷物と防具袋を担いで並んで宿を出た。町を抜け北東にある山の裾野に向かった。

案内された寺は興徳寺《こうとくじ》といって宗派は臨済宗《りんざい》だという。集まってきたのは侍が五名で、あとの七、八名は町の者で、その職業も様々だった。魚屋もいれば大工、細工師、日雇い、飴《あめ》売り、豆腐屋、酒屋、それに神主だという山羊《やぎ》のような風貌の四十過ぎの者までいた。

剣術を教えるのは寺の慈雲《じうん》住職で、衣を脱いで道着をつけた姿はなかなか勇壮である。

和三郎はここでも慈雲和尚と並んで、十三人相手に掛かり稽古をやった。何本と決めずに、好き放題に打たせるだけ打たせるやり方である。

といっても和三郎の場合は町道場のように丁重に扱うのではない。体を開いて故意に面を打たせたりはしない。打ち込みが弱いと、よける代わりに抜き面をかます。相手の面に高いところからしたたかにしなった竹刀の先端を落とすのである。

相手の技量を見極めてそれなりにやってはいたのだが、甘えは許さないという態度である。剣術は遊戯ではない、と相手が町の者であろうと示しをつけるのである。どだい道場ではこの者は態度が悪いので真剣で、こいつは賄賂をくれたから竹刀で打つ、などと情実戦術でできるものではない。相撲と同じく、みな土俵の広さは同じだ。

寺には防具は二つしかないので、和尚が別の者を教える合間に、和三郎がひとりを相手に打ち込ませるのだが、和三郎の返し技が強すぎて、相手は一瞬脳震盪《のうしんとう》を起こす。

「よし、次」

その者が倒れている間に、次に控えた者が防具を脱がして、手拭いを頭に巻いて面をつけるのである。みなはふらふらになりながら、それでも決して音を上げずに次の番になると食らいついてくる。

（ああ、この人たちはいいなあ）

そう思うと、もっと厳しく仕込みたくなるのであった。十三人でふたりに相手をされては一時（約二時間）ももたず、半時ほどでみなはへばって庭に座り込んだ。

「では棒術じゃ」

和尚はそういうと六畳ほどの筵《むしろ》を二枚境内に敷かせた。そこで旗奉行配下の御《お》先手組《さきてぐみ》だという侍を相手に棒術をやりだした。本格的なもので、

（この和尚は元はそれなりの武道を積んだ武士だったに違いない）

と思った。

和尚にいわれて和三郎も相手をしたが、次々に肩口から繰り出される技は鋭く的確で、脛《すね》を狙われたときは防ぐのに往生した。小手はきれいに一本とられた。防具の上からなのが幸いだった。もし素手であったら腫れ上がって数日は刀は持

てなかっただろう。

和三郎は長刀《なぎなた》や棒術はそれほど熱心ではなかった。長刀をやるものは、それだけを鍛錬するもので、道場も違った。

驚いたことに、和尚は次に「居合い」を披露した。指名されたのは「茂木治助」で、筵に座らされた茂木は、腰に刀を差した和尚に対して正座をしている。すると気合い一喝、和尚は上段に振りかぶった真剣を茂木の頭上に振り下ろした。

その間、茂木はこころ静かにじっと目を閉じている。

「あれは居合い懸け、というんです」

隣にいる足軽がそう解説した。

和尚は次々に「居合い懸け」を門人たちにやった。席に戻ってくるとみな冷や汗をかいている。

ここでも和三郎は乞われて居合いを披露した。居合いは抜刀の速さがまず重要なのは勿論《もちろん》で、土屋家の武術である長田流居合いでは、抜き手を相手に見せずに抜くのが第一の極意であると教わった。

片足を踏み出して抜くと見せて、実は鯉口《こいぐち》を切ると同時に左足を引き、柄《つか》の根元である柄下地《つかしたじ》だけを相手に向けて、鐺《こじり》まで一気に抜くのである。

相手の目には柄下地の位置が変わらないので、抜刀したようには見えないのである。

「居合いは刀身が鞘《さや》に入っている状態から一瞬で抜くから、敵に与える衝撃が大きいのである。いつ、どこを斬ってくるか見当がつかないから相手は恐怖に陥る。いってみれば奇襲戦術なのである」

そう長田師範は門弟たちを前に講釈した。それは何度となく耳にした言葉である。

「それ故、抜刀したら一閃《いっせん》で刀身を鞘に納める。むしろ、抜くより戻す方が大事なのである。居合いは常に腰に刀を差した状態から始められる」

そういう教えに基づいて、和三郎の通った長田道場では、抜いた真剣を速攻で鞘に納める修練を積まされた。刀を腰に差している状態では、刀身が上を向いているため、抜くとき掌《てのひら》を切ることがある。初心者は血だらけになった手を見て、恐慌をきたすこともある。

そういうことを自身にいましめながら、長田道場で修練を積んだ技を、寺にいる沼津の者たちに披露した。披露といっても見せびらかすのではなく、和三郎も刀を腰に差して佇《たたず》む。

そこで抜く手を見せるとなると、真剣にならざるを得ない。冷や汗を掻《か》くのは全てを月の光の速度に負けまいとやろうとして、手順が狂って、腰に疼痛《とうつう》が走るときである。そういった失敗も和尚には見透かされたようである。

だが、和尚は何も指摘せずに、ただ和三郎を褒め称《たた》え感謝の言葉を口にした。

そのあと和尚はひとりひとりに立ち合いをさせた。足軽対細工師、魚屋対茂木、日雇い対神主という具合である。和三郎は馬廻《うままわ》り組の下役のひとりと立ち合わせ、まだ未熟でとても侍とはいえない構えだったが、意気込みだけは充実していて、何度倒されても向かってきた。

「止め」

の合図が和尚からかかったのは雨が落ちてきたからである。いそいで筵を片づけみな境内から退散した。

それからは寺の庫裡《くり》に場所を移して宴会になった。

三

聞いてみると、足軽を含めた侍の五人はみな下級武士で、俸禄《ほうろく》は五人扶持とか、切米《きりまい》五石二人扶持だったりする。切米は扶持取りとは違って、いわばその年だけの現物支給だから、旱魃の翌年には半分に切られたりするという。

「私の父は代官をしていますが、俸禄は十人扶持です」

そう茂木は酒で色づいた顔を寄せてきた。笑っている。それでやっていけるのか、という顔をした和三郎がおかしかったのだろう。

「それでも三人いる沼津代官の中では最高の俸禄なんです。一番若い人は六人扶持ですよ」

「その人には家族があるんですか」

「勿論いますよ。奥方と子供がふたりいます」

それで、といって、和三郎は口を半ば開いたままぼうっとした。一人扶持は日に玄米五合が支給される。一年で計算すると一石八斗である。

それが六人扶持だと十石八斗である。玄米だから米にすると搗《つ》きべりする。銭にすると今なら十一両二分ほどにしかならない。

（それだけで家族四人を食わせていくのか）

横井が熱弁をふるっていた「政治とは貧しいものを富ませることから始めるのじゃ。それを学ぶために学問がある」といった言葉が蘇《よみがえ》った。

江戸の町人はひと月に一両の生活費がかかると本で読んだことがある。それは町人だからできることで、色々と制約やしきたりの多い武家社会ではそうはいかない。

　ここは沼津だから江戸の武士と比べると少しは安く済むとも思うが、土屋領の自分の家族のことを考えると年に三十八両でも生活はかつかつである。冠婚葬祭に親戚との付き合い、同僚や上司への土産品、下男下女への給金、その他どう節約してもしきれないほどの金が出ていく。それに冷や飯食いの義弟を抱えて、義姉の苦労は並大抵ではなかったはずだ。惚《ぼ》けてはいても親父《おやじ》は飯も人並み以上に食うし、酒も欲しがるのである。

「ちなみに、私の給金は二人扶持です。徒士組《かちぐみ》の下っ端だから仕方ありません」

　あくまで茂木の表情は明るい。茂木だけでなく、そこにいる侍も貧しさなんか屁《へ》でもないというように酒をくみ交わし、なにがおかしいのか大笑いをしている。それも大工だの日雇いだの魚屋だのという連中と一緒になって笑い転げているのである。

（こういう風景は土屋領ではみたことがないなあ）

　それに寺だというのに庫裡横の座敷には神棚がある。およそ十六畳もある広さで、その前でみな思い思いの肴を持ち寄って飲み食いしているのである。酒を飲まない和三郎も、なんだか愉快になって酔った気分になる。

「さあ、先生もいっぴゃーやらざぁさあ」

酒屋がそういって和三郎の前に湯飲みを置いて一升徳利《いっしょうどっくり》から酒を注《つ》いだ。

「勘助《かんすけ》、岡さんは飲まれないのだ。無理に勧めてはいかん」

「だってよ、これはお礼の気持ちなんすよ。この方はすごい侍だ。おらは感心したんだよ。おらたちに手加減なしに相手してくれたからね。嬉しいじゃねーか」

「ほんとだよ、前にきたお武家様はみんなふざけてやってたでな。おらたちは下手だけえが、真剣にやってるんだで、笑うのはねーよな」

豆腐屋が鼻を啜《すす》り上げて同調した。それでも茂木が「無理に酒を勧めてはいかん。岡さんは修行をしておられるのだ。その領分をわきまえなさい」というと、ではといって魚屋が鯛《たい》を大皿からとって運んできた。その次に大工がかまぼこを小皿にとって前に置いた。

「ではこいつはいかがですか、飯がうまくなるよ」

といって飴売りがどこからかもってきたのは鰻の蒲焼だった。その匂いに刺激を受けた和三郎の脳には桃の花が咲いた。

「うまい。なんというかうまさだ。これは確かに飯がすすむ」

それまでもかなり腹が膨らんできていたのだが、鰻を肴に食うと、もう歯止めが利かなくなるほど食える。

ここに集まった慈雲和尚の門弟たちだって決して裕福というわけではない。日雇いの者もいるくらいだから、むしろ貧しい暮らしをしているはずだ。それが稽古を終えたあとのこの愉快な集いはなんだろう。駿河という気風がそうさせるのか。

（駿河は昔から大海に目を向けている。気候も温暖だ。それが人々のこころを豊かに雄大にさせるのだろう）

ふと気がつくと、いつの間にかこの寺に寝泊まりしている修行僧ふたりも混じって酒を飲んでいる。あばら骨の浮いた痩せた若い僧たちで、

「ああ、あのふたりは明日から諸国行脚に出るのですよ。村々を托鉢して回るのです。これも修行ですよ。あ、あの尼さんたちもここに逗留《とうりゆう》しているのです。ここは尼僧もわけへだてなく受け容《い》れているのですね。和尚さんの度量の広さです」

そういわれて部屋の隅に目を向けると、二十を出たばかりの若い尼と、もう少し年嵩《としかさ》の尼さんが皿に載せた煮魚を楚々《そそ》とした感じで口に運んでいる。

尼さんふたりは町の女たちよりずっと色白で艶がある。顔の小さい尼さんは顔立ちそのものが美しく、上品だ。

（なぜ、こんな人が尼さんになったんやろ。家族が離散したのか、それとも夫から逃げ出したんやろか）

さり気なく目を向けていたのだが、向こうでも和三郎の視線が気になったと見えて、そと横を向いたときに目が合った。尼さんは頭を下げ、和三郎は鰻のしっぽを口にくわえてぼうっと見惚《みと》れていた。

「じゃあ、みんなここでひとつ茂木さんの出陣を祝して踊りといこうじゃねーか」

勘助とよばれた酒屋が立ち上がって音頭を取ると、誰彼ともなく唄いだし、それに合わせて褌《ふんどし》姿になった豆腐屋と大工が踊りだした。

「いやあ、そんな祝福はいらんぞ。目が腐る」

そういって茂木は笑って拍子を取っている。

その騒ぎが一段落すると、茂木がみなにしばし留守にするという別れの挨拶をした。そのときだけ、みなは神妙になって聞いていた。その表情から茂木がこの町の者たちからどれだけ愛されていたか、信頼される存在であったか和三郎にも理解できた。

（ここにはかけがえのない人たちだけが共有する友情がある。横井小楠さんの国を思う志は確かに有意義で大切なことだが、しかし、この集いには、言葉で言い表すことのできないぬくもりがある）

その温かい人と人とのつながりこそが、どんな高邁《こうまい》な学問より、出世なんかより、金銭より、価値のある宝なのではないか、と和三郎は思って感じ入った。

嬉しそうに唄い、踊り、笑い、茂木の前で涙する大工や酒屋を見ているうちに、和三郎の胸はいつしか熱くなり、溜まった水気は沸騰したようになっていた。

時刻も大分ふけたが雨音はとまらずにいる。そのとき、ふと和三郎は思い出したことがあった。それは水野家では旱魃による被害が甚大であったことと、そのため支給される扶持米が半分になっているということである。

だが、茂木や他の侍にその質問をすることは控えた。代わりに、今日の朝稽古のあとで、ふたりの修行人が口にした、

「わけありの者が関所を抜ける」

といったことがにわかに気になりだした。それで傍《そば》にいた足軽の小林《こばやし》という者

にそれとなく聞いてみた。

「道場にいた修行人が妙なことをいっていた。畑宿あたりに行けば、ひと稼ぎできるというんやが、それは関所破りの手助けをするということですか」

「えっ？　関所破り？　そんなことできるわきゃあねえよ」

余程驚いたのか小林は素っ頓狂な声を上げた。それで何人かの視線が和三郎に集まった。

「京口御門から入れば、武士は手形なんかなくたって素通り同然だし、江戸口御門からだって武士はどこそこの家来だといえば済むし、男なら商人だって検問は型通りだよ。兇状《きょうじょう》持ちでもにゃー限り手形なんきゃーらにゃーよ。昔は厳しかったらしいが、そりゃあえりゃー昔だからさ。だけえが、女は別だね。人見女《ひとみおんな》というか、『改婆《あらためばば》』というのぎゃーて、手形と照らし合わせて厳しく調べるんだよ」

「そういうけどよ、あの改婆だってあの近在に住む村の婆あだぜ。ちょっと小銭を握らせりゃ、通してくれるのさ。捕みゃーたところで小田原藩が特別手当を出してくれるわけじゃねーからな」

日雇いの捨八《すてはち》が横からそう口を出した。

「まあそうだ。それだでね岡さん、今時関所破りなんかする必要なんかにゃーのさ。素通り同然なんだで」

「なるほど、そういうことか」

実際に箱根を目前にして聞いてみると、これまで思い込んでいたこととは随分違う。なんせ箱根関所は江戸と京を結ぶ最重要な場所で、東北に屏風《びょうぶ》山、西北に芦ノ湖《あしのこ》を望む狭い断層の上に置かれている。その屏風山側には向番所、芦ノ湖南岸には外屋番所が設置され、武具として弓、鉄砲が十から二十丁常備されている。しかも周囲の山林の高いところまで柵が張り巡らされ、柵は湖の中にまで張られていると道中記には書かれていた。

しかも関所を守る番士も三十名以上いるという。そう和三郎がいうと、小林は顔の前で手を扇《あお》いだ。

「番士といっても侍身分はたった三人でさ。あとはおれらと同じ足軽とか、中間《ちゅうげん》、それと近くの村の農民が番人として狩り出されているだけだ」

そうか、とまた和三郎は感心した。

「だがな、修行人のふたりはおかしなこともいっていた。わけありの旅人もいて道案内すれば銭を稼げるというのだが、それは間道を抜けるということではないのか」

「ああ、それはあるかもしれねえな。六ツを過ぎたら関所は通れねーから、別の間道を抜けようとするモンだね」

「わけありというだには、駆け落ち者だね」

と豆腐屋が嬉しそうにいった。

「間道は村から村に通じてるでね。箱根の周りだけで、関所といわれるものは十三もあるで、どこかでぶち当たるで、それを越えようて思うモンには間道を行くほかねえな」

そう小林が答えると、日雇いの捨八がにたにた笑いながらいった。

「だけえが、五十文も払えば見逃してくれるよ」

「そう、見逃してくれるな。金をとらんで道を教えてくれる者もおる」

そういったのはいつの間にか横ににじり寄っていた神主である。さすがに神主の出《い》で立《た》ちはしていないが、和三郎が最初に抱いた山羊のような印象は変わらない。

「じゃが、間道を見張る村は四つある。村人の中には幕府から遣わされた隠密《おんみつ》も混じっておる。他領の隠密を捕捉するためじゃが、幕府に害をなすと思う者は容赦なく痛めつける。こういう者にみつかった者は運が悪い」

「神主さん、隠密なんてあんな村にほんとにいるのか。おらは村に普請の手伝いにいったことがあっけど、隠密なんかに会ったことねーぞ」

捨八が首を傾《かし》げた。

「おまえに見つかる隠密なんかおらん。おったらとっくに仲間に殺されておる。隠密だけは吉宗《よしむね》公の時代より箱根で黙々と生き続け、村に溶け込んで仕事を続けておる」

「悪い雲助にからまれたという話も聞いたがどうなんですか。実際にそんなことがあるんですか」

そう和三郎が聞くと、その場に居合わせた四、五名の者は互いの目の奥を探り合った。どうやらあるらしいと和三郎は思った。

「それははぐれ雲助じゃ。大抵の雲助は真面目《まじめ》に仕事に従事しています。ことに荷造りにかけては天下一品、馬に山のような荷を担がせても荷崩れひとつ起こさん」

「でもね、神主さん、雲助はやっぱぶっそうですよ。銭もねえのに問屋場《といやば》の裏でいつもセャーコロを転がしてるし、冬でも裸でいますでね。悪いことするやつもいますよ」

魚屋は神主のいったことには感心しない様子だった。いや、とここでも神主は雲助を擁護する気でいた。

「それは雲助仲間から追放された悪いやつらだ。そういう連中がいつの間にかつるんで山に潜むようになったのじゃ。どこの世界にもはぐれ者はいる。和尚にもいるし、神主にもおる」

「それはご自分のことですか」

「いや、私は違う。少々酒をたしなみはするが、巫女《みこ》に悪さをしたりはしない」

酒屋の勘助がいったことに対して、神主はここは妙に力を込めて否定した。山羊から猪《いのしし》に変わったように和三郎には見えた。

その晩、和三郎は茂木治助の家に泊まった。普段は居間として家族が使っているところを和三郎ひとりのために開けてくれたため、茂木は弟と妹と三人一緒に並んで寝たようだった。腹がうまい肴で満杯になっていた和三郎は、その晩は何も憂いを感じることなく、横井小楠が口にした、妙な探索人のことに気を回すこともなく、こころ安らかに眠ることができた。

四

目覚めると、雨戸の節目から青白い朝陽《あさひ》が差し込んでいた。雨は上がったようだ。和三郎は少しの間、横になったまま、茂木家の家族が起きだすのを待った。

最初に弟が遠慮がちに縁から声を掛けてきた。次に茂木が入ってきたが、そのときには和三郎はもう旅支度を終えていた。用意しておいた一分金を差し出すと、案の定、茂木は強く辞退した。折りよく十四歳になる妹が花柄の浴衣《ゆかた》を着て挨拶をしてきたので、その隙に茂木の着物の袖に入れた。

このまま出立するという和三郎を茂木の両親が押しとどめて、朝食を一緒にとった。汁と菜、豆腐が出た他に、昨夜の土産となった、鯛や干し魚が膳に載った。それは夕食以上のご馳走《ちそう》である。和三郎は遠慮して魚には手をつけなかった。

茶をご馳走になると、和三郎は席を辞して、荷物を持って玄関にいった。

「下田にいますから、折りがあったら是非水野陣屋を訪ねてみて下さい。私は明日発ちます」

「はい。そうします。お世話になりました」

できることなら下田に寄って、もう一度茂木治助と会いたいと思いながら返事をした。

「これを」

といって茂木の母が差し出したのはお握りの弁当だった。ありがたい、といって受けとるとき、覚えず和三郎の胸が熱くなった。昨夜からの茂木の仲間の歓待や貧乏だが底抜けに明るい人柄や、人の輪にこもる温《ぬく》もりを思い出したからである。

顔を上げると、十四歳のまだ幼さの残る丸顔の茂木の妹の目に涙が浮かんでいた。和三郎は脚絆《きやはん》をつけ草鞋を履くと、頭を深く下げて長屋を出た。

道に出ると菅笠《すげがさ》をかぶった。すでに夏の光は強い日差しを旅人に注いでいる。

茂木は街道の筋まで見送りに来た。

「実は二、三日箱根湯本で湯治をするつもりなんや。うらの体にはいくつか刀傷があるんや」

「それはいいですね。湯本なら八ツ（午後三時頃）前に着けますよ。できることならご一緒したいなあ」

「藩命ならそうもいかんやろ。そうだ、どこか安い宿は知りませんか」

「安い宿ならお手のものです。湯本には上湯、中湯、下湯、とあるんですが、さらに奥にむえん湯というのがあるんです。そこに『平家屋《へいけや》』という古い宿があります。ここなら一回りで二分と二朱で全て賄《まかな》えるはずです」

「一回りというのは何？」

「あ、湯治客は大抵病気の治癒に行きますからね。二泊、三泊とはいわずに、七日間をひとつとして数えるんです。自炊する人たちは三回り、四回りと逗留するんです」

「七日間で二分二朱か」

　和三郎は素早く頭の中で計算をした。今の為替なら一両は銭にして六千七百五十文である。一朱は一両の十六分の一であるから、およそ四百二十二文になる。すると一泊に直すと宿代はおよそ六百文になる。

「決して安くはないですね」

　修行人には身分不相応な金額になる。

「そうですね。一応温泉宿ですからね。でも他の宿は一回り一両が相場ですよ。私も母を一生に一度でいいから連れて行ってやりたいですよ」

　そうか、江戸からなら女の足では三、四日はかかるだろう。それがわずか一日で湯治場に行けるところに住んでいながら、茂木の母は湯治に行ったことがないのかと思うと、明るい茂木の表情に隠された悔しさが思い知らされた。

「あ、そうだ。平家屋の主人は平家の末裔《まつえい》であることを誇りにしていると聞いたことがあります。そこを攻めれば、もう少し安くなるかもしれません」

「それはよいことを聞いた」

まだこの先まで送るという茂木を、和三郎は強引に家に帰して、ひとり東海道を箱根を目指して歩き出した。

時刻は六ツ半（午前六時頃）を少し過ぎたが、和三郎の足なら今日中に小田原まで充分に着ける。だが、茂木にいったように、和三郎はそうせずに、関所を抜けると杉並木の続く狭い石畳をゆっくりと下りだした。雨にぬれた石畳は歩きにくく、下る者の中には足をすべらせて、石畳に尻餅《しりもち》をついて悲鳴をあげる者までいた。

畑宿の茶屋で茂木の母がつくってくれた握り飯を食った。それから須雲路を須雲川沿いにいき、早川《はやかわ》にかかる湯本の三枚橋《さんまいばし》を渡ると、五、六丁で温泉宿が山間《やまあい》に立ち並ぶあたりに出た。

第五章　妖怪の不二心流

一

　さすが湯治場らしく山道の片側には楊弓《ようきゅう》場や軍書読みなどが並んでいる。芸者を連れた商家のご隠居風の老人が、浴衣《ゆかた》の襟をはだけてのんびりと散策している。行き交う湯治客はみな裕福そうで、ご満悦顔でいる。この中では防具袋を担いで歩く修行人の姿は異様に映ったに違いない。

　和三郎が宿に取った「平家屋」は、その中でも相当ひなびたしもた屋風の宿で、暖簾《のれん》に染められた平家屋の文字も薄れてほとんど読めなくなっていた。

　茂木のいった通り、そこは長逗留《ながとうりゅう》の客用に自炊できる釜も備わっていた。その分宿代は安いのだろう。老人夫婦が外に出て煮炊きをしていた。

　出てきた主人に和三郎は飯付きを頼んだ。「一回り」とは頼まずに、まず二日ほどお願いしたいというと、細い体の背中が曲がった目つきのよろしくない主人は、顔を横にして和三郎を目の隅で睨《にら》んだ。

「二日で三朱」

「主人は平家の末裔《まつえい》だと聞いちょる。うらは越前野山から来た修行人や。同じ平家の血が流れちょる。一晩五百文にしたれや。ここで体の傷を治したいんや。場合によっては薪割《まきわ》りも手伝うぞ」

ジロリと親爺《おやじ》は白目を剝《む》いた。

「では、薪割り付きで一晩四百」

「おお」

「酒代は別じゃ」

「酒は飲まん。四百文で湯本の湯治客か、ありがたいぞ、平家の人」

「気安く肩を叩《たた》くな。部屋は一番奥の山に向かった三畳間じゃ。女中はおらんから台所まで飯をとりにくることになるが、いいか」

「勿論《もちろん》じゃ。さっそく部屋に行くぞ」

「刀はこちらで預からせてもらう。財布も帳場で預かるが。それはそちらの勝手じゃ」

「これを預ける」

和三郎は懐と荷物の中から大財布と小財布を取り出して親爺に手渡した。受け取った親爺は、そこで重さを計り、また背中を曲げた姿勢から目玉だけをぐりっと動かした。

修行人がこれだけの金を持っているのかと不審気な目付きだった。

家を出るときは三十両あったが、それももう二十七両を切っている。途中八両の思いがけない金が入ったというのに、十両も使ってしまったのは、刀の研ぎに二両、自分を助けてくれた少女キネに二両、それに横井小楠に大分使い込みをされたからである。

(沼津にいた浪人のような修行人ふたりは今頃旅人の用心棒をして、小銭を稼いでいるのやろか。もし、そんな機会があれば、うらにも乗せてもらいたいものや)

つい、そんな卑しい考えまで浮かんだ。

ともあれ、和三郎はあてがわれた部屋に行き、荷物を降ろした。宿の北西の端にあるその三畳間は、山に向かって窓があり、畳は反対側に反りがあるのが感じられる。

(冷や飯食いには上等過ぎる部屋じゃ)

そう得心すると、さっそく着物を脱ぎ、置かれていた浴衣に着替え、手拭いを肩に置いて脇差だけを持って一番近くにある湯治場にいった。巾着は帯に吊《つ》るした。この中には小銭と粒銀と火打ち石を入れてある。兄が細工師に作らせたものを、免許を得た褒美に兄から与えられたのだ。あとに残した荷の中にはたとえ盗まれてもそれほど困るものはない。まさか、防具袋ごと盗むやつがいるとは思えない。

狭い脱衣場で浴衣を脱ぎ、下帯をとって素裸になると、日の射《さ》さない暗い洞窟のような湯壺《ゆつぼ》に入った。岩場に湧き出した湯が竹の筒を伝って流れ落ちている。他にも湯殿はいくつかあるらしく、声を潜めてしゃべる人の声が岩場に反響して聞こえてくる。湯に浸かると全身から小粒の泡が立ち上った。

その四畳間ほどの湯壺に浸かっているのは和三郎ただひとりだった。周囲を岩場に囲まれたところで一箇所だけ山に向かって開けている箇所があるが、おおむね中は薄暗い。それでも湯が透き通っているので、己のふぐりが河豚《ふぐ》のように湯の中でゆらゆら漂っているのが見える。

はなはだ愉快である。

あはは、と笑っていると脱衣場でコトリと音がした。ついでするすると帯を解く小気味よい音がしたと思ったら、真っ白い体が湯けむりの向こうにぼんやり滲《にじ》んで現れた。

「ごめんなさいまし」

そういうと、丸い体をした女が手ぬぐいを下げて、岩場から足を下ろすと、するりと体を湯に沈めた。

和三郎は、いや、といって体を岩場に寄せたが、それでもわずか六尺向こうに女の顔が浮いている。どうやらこちらの様子を窺《うかが》って笑っているようでもある。それに暗い中でも透き通った湯には、女の足がゆらゆらしているのが分かるし、手ぬぐいで隠された部分から時折りのぞく翳《かげ》りがある。

和三郎は、同じゆらゆらでも自分のものとは大分たたずまいが違う、愉快がっている場合ではないと判断して、湯に浸かった体勢のまま女の傍《そば》を抜けてさっさと脱衣場に戻った。

大慌てで下帯を締めていると、何を思ったか女が湯から上がってきて、和三郎のすることをジロジロと見つめだした。

その表情は、何か言いがかりでもつけようとしているのか、ジロジロが随分冷ややかである。それに裸の体を斜めに傾けて、右足を出した姿勢がふてくされている。だが何もいわない。小太りの腹がぽっと出た小柄な女は温泉宿の芸者なのだろうか。随分、大胆で勝気な女だと思いながら和三郎は急いで浴衣を着た。

部屋に戻りながら、

（あの女は一体なんだ）

と腹の中で唸《うな》った。夕風が山から吹き込んでくる三畳間で汗を乾かしながら、結局、ただの女だったのだ、と思っていた。湯治場というところは何かと世間とは別世界のようだった。

二

飯を台所まで自分で取りに行くのはよい。堪忍《かんにん》できないのは、一泊四百文の中に入る薪割りの条件である。主人の親爺はこれでもかというくらい薪割りをさせる。家にいるときから薪割りは和三郎の仕事だったが、それにしても湯治客にこれほどの大量の薪を割らせるやつはいない。毎日五百本である。これでは自分は宿代を払えずに詫《わ》びをいれた、米食《こめくい》修行人と何ら変わらないではないかと腹を立てた。

それに宿には女中や下女が五、六人は働いている。番頭の他に下男や小僧も同じくらいいる。飯を部屋まで運ぶ女中がいないと主人はいっていたが、それは和三郎に対してだけであったことが、最初の晩には判明したのである。さすが箱根だと思わされたのは、こんな鄙《ひな》びた宿でも湯治客は四十人程いるという。それもほとんど満員の盛況である。湯殿も大小八つある。働く下男、下女も多いはずだし、飯を炊く薪だって大量に必要だ。

さらに下男から聞いて分かったことは、和三郎に当てがわれた部屋は元々柴刈《しばか》りの老人が使っていた部屋で、夏が始まる前に老人はぽっくり死んでしまい、以来空き部屋になっていたという。

それで三日目の朝になって、「やい親爺」、と和三郎は帳場にいる主人の背中に向かって呼びつけた。

振り返った親爺の顔に恐れが浮いたのは、そこに鬼夜叉《おにやしや》のように凄《すご》んでいる若者の姿を見たからだろう。

「もう、二、三日逗留するぞ。それだけの働きは充分にしたはずだ。よいな」

有無をいわせずそういった。いったんは何事か言いかけた親爺だったが、なぜだかすぐに思い直して、こっくりと頷《うなず》いた。

和三郎は夜が明ける前に、帳場に預けていた太刀《たち》を持ち出して、裏山で素振りをし、居合い抜きの稽古をしていた。どうやら親爺はそんな修行人の姿を覗《のぞ》き見して、密《ひそ》かに恐れ入っていた様子なのである。宿の主人に脅しを仕掛けたような格好になったが、和三郎は引け目を感じなかった。むしろ、

（これでよいのだ）

と思ったくらいである。最初に来たときに、湯治場の洞窟に入ってきたヘンな女は、この宿を縄張りにしている湯治客目当ての転び芸者だと分かったからである。女とはたびたび湯殿で顔を合わせ、廊下でもすれ違った。女はその度に挨拶をしてきたが、和三郎は一切無視していた。

（女子《おなご》は可憐《かれん》でなくてはいかん）

という和三郎の思いは、自分でもいささか頑固過ぎるきらいがあると分かっていたが、さりとて、その信条を反故《ほご》にして、この女となら無条件で許せる、と思わせる妖艶な女が現れてくるとは思えない。

芸州《げいしゅう》安芸国の多賀軍兵衛こと倉前秀之進が連れていた、歌比丘尼《うたびくに》のおもんはなかなかあでやかな美女だったが、あの人は自分のような年下の者を相手にする女ではないという、どうにもかなわない負い目が先に立つ。

この鄙びた宿にも若い巡礼が義母らしい女と湯治に来ている。ほかにも一般の

湯治客の他に旅芸人の一座が昨夜は泊まっていて、彼らはどうやら数日間ここで巡業をするらしい。

それで、滞在四日目の昼間、ひとりで湯に浸かっていると、不意に数名の若い女が飛び込んできた。さすがに泡食ったが、男芸者のような言葉遣いの怪しいのが乱入してくると、女たちは悲鳴を上げながら木桶《きおけ》でそいつを叩きのめした。幇間《ほうかん》みたいな男はそれで退散したが、さりとて女たちは和三郎には木桶を振り上げたりせずに、一応胸に手拭いを当てたりしながら、笑みというか、シナというか、そんな柔らかい微風を送ってきてくれた。

そこでこの逗留が成功だったと和三郎は思うのであった。確かに湯本の湯は飲んで胃に効くし、日に何度か浸かっていると、出立どきに勘定奉行の邸宅前でふたり組から襲われたときにできた足の深手も、江戸の遊び人風情から刺された腹の傷も癒えてきた。

五日目の朝を迎えたときは、すっかり体が元に戻っているのを感じた。

(あと二日ここにおれば丁度一回りの七日間になるな)

そうするのもいいかな、と思いながら朝一番の風呂に浸かっていると、旅芸人の一座の青八《せいはち》という男が入ってきた。昨日の昼、女たちから散々に木桶で殴られた男は幇間ではなく、女形《おやま》だと分かったのは、昨夜、上の湯で芝居小屋を開いていた一座の芝居を覗いたからである。和三郎は特別に木戸銭はとられなかった。

「お侍さん、聞きましたか？」

湯に浸かるなり和三郎の隣にすすっと寄ってきた青八は、声を潜めてそういった。

「何かあったかな」

「昨夜、上の湯の旅籠《はたご》が野盗の一味に襲われたんですよ。それも立て続けに二軒ですよ。この箱根の湯でそんな物騒なことが起きるもんなんですかね。これじゃあ、もうワシらの芝居はお開きですよ」

「野盗か。それでどうなったんや」

「まだ詳しいことは分かりませんが、どうやら二軒とも蔵が荒らされて、一軒の主人は斬り殺されたらしいんで。それが本当ならたいした稼ぎになりますぜ。なんせお大尽《だいじん》ばかりが上の湯に泊まっていて、金は全部帳場に預けてありますからね。蔵を荒らされたら根こそぎ持って行かれちまいますぜ」

「そうか。だが青八さん、あんたはどうして知ったんだ？」

「だって夜明け前から襲われた宿の下女が騒ぎ立てましたからね。役人が来るのは明け六ツ過ぎでしょ。湯本は上から下までみな大騒ぎになってますよ。今頃は湯本の元締たちが集まって侃々諤々《かんかんがくがく》でしょうが、いくら相談したってどうなるもんじゃねーでしょ。ここには野盗を捕らえる役人なんかいねーんですから。殺《や》られ損、盗《と》られ損ですよ。おっつけこの宿にも役人が尋問にやってくるんでしょうがね、野盗どもはとっくに散ってしまっていますぜ」

「そうか。箱根関所の役人がここまで出張《でば》るわけにはいかんしな」

「それはないですよ。関所役人は動けません。ここにも番屋はありますが、村の者の他は足軽がふたりいるだけですってよ。小田原の奉行所にはもう知らせがいっているはずですがね」

そうか、と和三郎は頷いた。

「それでも先発隊の中間《ちゆうげん》か小者《こもの》が長棒をもってやって来るまでにはときがかかる。与力《よりき》が奉行所から駆けつけてくるのはもう少しかかりそうだな。いや、小田原から湯本までだったら、一里半程か。どちらにしろ、ここにいてはどうも面倒なことになりそうだ」

和三郎は手札こそ携えているが、正式な藩士ではなく、越前野山の土屋家にとっては脱藩した部屋住みでしかない。江戸の藩邸に身分を照会されでもしたら、ますます面倒なことになる。ここはさっさと発《た》った方がよいと判断して風呂を上がった。

体を拭っていると若い娘が三人で入ってきた。みなすすり泣いている。泣きながら着物を脱いでいる。みな、昨晩見た芝居の舞台で踊っていた子たちだった。

「大変なことになったようだな。おまえたちはどうするのだ」

そういうと、そこに初めて男客がいるのに気付いたようで、三人はひっと悲鳴を上げた。

「驚かせてすまん。そこに入っている青八から強盗のことを聞いたばかりじゃ」

すると、わっと声を上げてひとりの娘が裸の上半身を和三郎に押し付けてきて、ひとしきり泣きじゃくった。それを合図にほかのふたりも和三郎を取り囲んで声を上げて泣いている。

和三郎はまだ下帯をつけておらず、手拭い一枚で体を覆っているからはなはだ具合の悪いことになった。

「ユキちゃんが殺されたんです」

「それは宿で働いていた子か」

和三郎の胸にひとりの子が額を擦《こす》り付けてこくりと頷いた。

「去年の夏から『大戸屋《おおとや》』さんで働きだした子で親孝行なとても感心な子なんです。まだ十四歳なんですよ。あんないい子を殺すなんてひどい」

「殺されたのは他にもいるようだが、聞いているか」

「『大戸屋』さんのご主人と番頭さん、それに江戸から来た湯治客も何人か巻き添えにされたと聞いています。殺されたかどうかは知りません。でもユキちゃんは……」

「『花屋《はなや》』さんの方では、蔵の前で背中を刺されたご主人が見つかったそうです。まだ息はあるそうです。でも、斬られた人はたくさんいるらしく役人が調べて回っています」

「寒い、寒いよ、お湯に浸かろうよ」

女たちは半襦袢《はんじゅばん》を脱いで素早く裸になるとどっと湯壺に浸かっていった。そこで一悶着《ひともんちゃく》あったのは、また青八が娘たちから叩かれているからだろう。

和三郎は下帯を付けながら、これからの手順を考えた。なんとしても役人の監察は防がねばならない。一番いいのは太刀をとってこのままとんずらしてしまえばいいのだろうが、宿に泊まるとき主人に一応手札を見せたのでそうもいくまい。

(ともあれ腹ごしらえだ)

部屋に戻ると浴衣を脱ぎ捨て、単衣《ひとえ》をつけるとぶっさき袴《ばかま》を穿《は》いた。脚絆《きゃはん》を巻き、新しい草鞋《わらじ》を荷物から取り出し、まず脇差を差した。防具袋と荷物を担ぎ、菅笠を脇に挟むとすぐに部屋を出た。すると前を青八がふらふらと歩いている。

「青八」

「え、あ、旦那」

旦那といわれる身分ではなかったが、ひとこと礼をいうべきだと思ったのである。木戸銭を払わずにすんだのは、青八が気を利かせてくれたからである。

「昨夜の芝居はなかなか面白かった。おまえの女っぷりは並みの女より余程色気があったぞ」

「そうすか、いやあ、嬉《うれ》しいね」

「なのにどうしておまえは女たちから叩かれてばかりおるのだ」

「そりゃまあ、その、そういう男も必要だってことっすよ。あの子たちもああ楽しそうに見えても色々鬱憤が溜《た》まっているんです。ことに嫌な爺《じじ》ィの相手をさせられた後にはね。だからあっしはその鬱憤ばらしの道具なんでさ」

「そうか、そういうことか」

座長という者に命じられて、女たちは客から呼び出しがかかったら、芝居がはねたあと座敷にでもいっていたのだろうか。座長はこの宿ではなく上の湯に部屋をとっているようだった。

(なるほど)

と和三郎は腹の中でもう一度頷いた。修行の旅に出てまず分かったことは、剣術の流派の違いではなく、親から売られてきた女たちの境遇についてである。どこで働いても、女の体は男の欲望の対象にされるのだなと思った。いちいち同情していてはきりがないことも和三郎なりに理解できた。

しかし、救ってくれと訴えてくる子がいれば、なんとかしてやりたいとも思うのである。ここで大切なことは、それができるのは権力を握った学識者であるということだ。横井小楠が酔って講義した言葉のいくつかが蘇《よみがえ》るのは、そういうときである。

長い廊下を下り、階段を数段下り、さらに行くと帳場に出た。その奥に台所がある。宿の者が飯を食う場所が傍にあるのに目をとめて、荷物を置いてそこに入った。

「朝飯をくれ。ここで食う。すぐに用意をしてくれ」

釜の前で薪に火をくべている下男がいたので、和三郎はそういって腰を下ろし

「今、上の湯の方に行ってますだ。大変なことが起こったんでな、その相談じゃ」

「主人はどこだ」

た。

下男はろくすっぽ客を見ようともせず、面倒臭そうにそう答えた。女中の姿が台所に見えたので、和三郎は朝飯を用意するようにいった。こっちは素直に返事をした。賄いの下女に女中が食事の用意を言いつけるのを聞いていた。すぐに膳が運ばれてきた。

膳には汁と漬け物の他に山女《やまめ》の塩焼き、それに山椒魚《さんしょううお》の黒焼きが添えられていた。

それを食いながら、

「弁当を頼む。昼飯用だ。たんと盛ってくれ。握り飯だったら四つだ」

と頼んだ。丁度、番頭の顔が台所に現れたので、勘定を頼んだ。

「えっ？　今日お発ちになるので。なぜですか？」

理由はよく分からないが、客がすぐに発つと知った番頭が仰天して見返してきた。

「そうやいまから発つ。江戸に行くんや。それから一泊四百文やぞ。それも一日分は薪割りで帳消しや。分かっておるな」

番頭はびくびくと頷いたが、それを見た和三郎はさすがにこれでは恐喝に近いなと自嘲した。

そのとき、外から入ってきた者が、和三郎より三倍も偉そうに大声を出した。

「宿改めである。ここに浪人が泊まっておると聞き及んだ。どこにおる」

同心が十手を振りかざして怒鳴った。

すると番頭も下女も老爺《ろうや》の下男もいっせいに、いままさに台所で大口を開いて飯を放り込もうとしている和三郎に目を向けた。その視線がやけに刺々《とげとげ》しい。

「ごほっ」

最初の一口に難癖をつけられたので、飯が喉につかえた。それで同心の探索している お尋ね者が、台所で飯を食っているのがバレてしまった。

「おぬし、昨夜はどこにおった」

同心は草鞋を履いたまま土間から台所の板の間に上がり込んできた。小田原から出張ってきた者らしく、やけに居丈高である。長棒を持った小者も三人ばかし一緒に上がり込んできて身構えた。

「ここにおった」

「この宿におったというのか」

「おった」

「だが、この『平家屋』に泊まっている浪人が、芝居見物をしていたということも聞き及んでいる。しかも木戸銭を払わずに中に入ったというではないか」

「ええっ!?」

と異口同音に声をあげたのは番頭と下男である。二人の芝居がかった驚き方を見て、どうやらうらはここでは嫌われ者になっとるらしいと思った。そんなに大《おお》袈裟《げさ》にびっくりすることではないのだ。

「おぬしの刀はどこだ」

「帳場に預けてある」

「おい、誰かこの者の刀を持ってこい。人を斬ったかどうか、調べればすぐに分かる」

「何故、刀を調べるのだ」

「おぬしが野盗の一味かどうか吟味するのだ」

するとと同心の前に和三郎の刀が差し出された。番頭が宿泊客の持ち物を勝手に持ち出してきたことで、和三郎はさすがにムッとした。しかし、ここは我慢のしどころだと耐えて、山椒魚の黒焼きを食った。どうやらつっかえていた飯は、丸まったまま胃に落ちたようである。

「ふん」

と鼻息を吹いた同心が刀の鯉口を切って抜きかけた。そのときである。

「役人、そんなことをしても無駄だ」

と渋い声が土間を通って台所に響いてきた。そこにいた者の視線はいっせいに入り口に向けられた。そこに一つの人影が立っていた。暖簾《のれん》の片側を開いたその影から白い目玉が発光し、背後から眩《まばゆ》く差し込む溢《あふ》れんばかりの陽光を背中に受けたその姿は、まるで不動明王のようだった。武士は確かに、大火炎の中に佇《たたず》んでいた。

三

「野盗の一味の者がこんなところで朝飯を食っているわけがない。そんなことは考えずとも分かるはずだ」

土間に入った武士は上がり框《がまち》に腰を下ろすと落ち着いた声でそういった。

「それより、野盗の一味は何人いたと目撃した者たちはいっておるのじゃ」

「十人程おったと大戸屋の下働きの小娘がいっているが、暗い上に隠れおののいていた者どもに正確な人数が分かるはずがない。それより、おぬしは何者だ。浪人者だな」

　武士は同心の詰問には答えようとしなかった。ただ、外を透かし見ただけである。

「では人を集めて早々に野盗の人数と行方、その風体を探らせろ。一旦は湯坂《ゆさか》、浅間《せんげん》、あるいは鷹巣《たかのす》の北の山に逃げ込んだはずだ。こんなところで、飯を食っている修行人をいたぶっているときではなかろう」

　背後にいる同心は怒りで体を震わせている。それでいて武士を問い質《ただ》すことができないのは、その背中に漂う気配に尊大で慈悲深い、仏の佇まいに似た幻影を見たからではないのか。少なくとも和三郎にはそう感じられた。

　それに下女の態度もおかしかった。武士が上がり框に腰を下ろすと同時にぴょんと起き上がり、温泉の湯を入れた桶を持って大急ぎで足を洗いにいったのである。気がつくと下男も平蜘蛛《ひらぐも》のようになって土間で武士の草鞋を受け取り、脚絆を脱がしている。

「おぬしは何者だと尋ねておるのだ」

同心はその場から動けずにいる。虚勢を張っているのはすぐに感じられた。番頭が何とか同心を抑えようと、おたおたしている様子が和三郎の目の隅に入った。

「儂《わし》か」

そう呟《つぶや》いた武士が框に立って体をこちらに向けた。

「わっ」

「げっ」

げっ、と喚《わめ》いたのは和三郎である。山椒魚が喉を引っ掻《か》いたようだった。

「な、な、中村一心斎様。これは、た、大変なご無礼をつかまつりました」

同心はいきなり平伏《ひれふ》した。小者たちは唖然《あぜん》としていたが、同心と湯治客の和三郎が血相を変えたのを見て浮き足立った。

「修行人、また会《お》うたな。どうもおぬしは儂の行く先々で待ち伏せをしておるのではないか」

「め、滅相もございません。それより、あなた様こそどうしてここへ。湯治をされるようなお方とはお見受け致しませんが」

「儂か。儂はこの宿の影の主人なのだ」

「えっ？　ええーっ!?」

老剣士は影になった顔を向けたままニヤリとした。白い歯がきれいにそろっている。

「ま、それには経緯《いきさつ》がある。それより、おい、同心、よく儂が分かったな」

背後にいる同心は平伏したまま、へへーっと呻《うめ》いた。

「御尊顔は何度か拝しております。中村様がここにおいで下さるとは、何とも心強い限りでございます」

「さあ、それはどうかな。儂はいままで富士に籠《こも》っておった。ここへは体を禊《みそ》ぐためにたった今戻って来たのだ。奉行所の手伝いをするとはいっておらん」

「いえ、お指図を頂けるだけでも幸いでございます。おっつけ与力の苫米地《とめち》も到着するはずでございます」

同心は平伏したまま、額を床板から二寸程上げていった。その角ばった物腰が和三郎にはどうしても理解できない。

「おい、お役人。随分硬くなっておるが、あの中村という方は奉行より偉いのか」

そういうと同心は頭を床板から少しだけ和三郎の方に目を向けて、

「シッ、シッ」

といった。

和三郎にとって今、帳場の前の板場に座って茶を飲もうとしている老剣士は、ただただ謎多き不気味な人物である。

最初にその姿を垣間見《かいまみ》たのは、二川《ふたがわ》宿に入る手前の岩山にある岩屋《いわや》観音である。老剣士は朝靄《あさもや》が立ち込める中、青銅の観音像と対峙《たいじ》していた。その姿勢は気負い込んだものでも、肩を怒らしたものでもなく、柳の木のように佇んでいた。その自然な佇まいに和三郎は畏敬の念を抱き、恐れ入って岩山を降りてきたものであった。

次にその姿と出会ったのは舞坂《まいさか》に向かう今切《いまぎれ》の渡しの船の中である。盗人たちが船客の懐から財布を掏《す》りとったのを知って、和三郎はこらしめにかかったのだが、町人だと舐《な》めて油断をしていた和三郎は、盗人一味のひとりから脇腹を匕首《あいくち》で刺された。するとそれまで馬耳東風を決め込んでいた老剣士がふらりと立ち上がった。

（そのあと、どういう訳か盗人どもは船の上でくるくると体を回転させて、ある者は船べりに頭を打ち、ある者は打たれた気配もないのに気絶した）

その後、和三郎は奉行所の役人から感謝されただけで、何の報奨金も得られぬまま正義のただ働きをした格好で放り出された。残ったのは腹の傷だけである。

それに引きかえ、老剣士は財布を盗まれた裕福そうなご隠居から、どうやらたんまりと礼金を受け取っていた様子だった。あいつはいかさま師ではないのかと思ったくらいである。

和三郎はその腹に受けた傷の治療を、浜松の井上《いのうえ》家六万石の城下にある蘭方医《らんぽうい》に受けたのだが、そのとき同室になったのが坂本竜馬と名乗る土佐っぽであった。彼は井伊家の侍が持っていた書き付けを盗んだため、井伊家の者から追われていた。そのとばっちりを受けたのが和三郎である。夜明け前に井伊家の三人組から襲われたのである。

何の関係もない和三郎も、同室であったがために襲撃に巻き込まれたのはいうまでもない。とにかく必死で切り抜けたのだが、治療間もなかった腹の傷は一層悪くなった。

(とにかくこの修行旅はとばっちりばかりや。うらが引き起こした事件など何もない)

そこで和三郎はいったん自分ほど不運なやつもいないと嘆いた。

（だが、そういう突発的なこととは別に、藩主忠直公に敵対する側が放った刺客は確かに原口耕治郎師範代を狙い、そして江戸へ出立する日の夜明け前からうらを待ちかまえていた。刺客を放った者は、相手が誰であろうと、忠直公に味方する側の剣客が江戸に着く前に、暗殺してしまうことにあったからや）

それが、と和三郎はふと思いついた。

（それがいつからか、刺客の狙いは岡和三郎という者に向きを変えてきたように思える。飯塚ら刺客の本命とする狙いは別にあったようで、うらはついでであったとしても、個人の岡和三郎の名前がいつしか連中の中で浮上してきたのだ。それはうらが囮《おとり》として江戸に派遣されたからだと気付いたのかもしれん。そう、おれ年寄り田村半左衛門の狙いは最初からうらを囮にすることやったのだ）

竜馬と共に襲われた日のことを思い出しているうちに和三郎は、以前にも考えた、自分は誰かもっと偉い人物の囮なのだと推察したことを反芻《はんすう》していた。

「弥助《やすけ》、茶をもう一杯」

老剣士の声で和三郎は現実に引き戻された。傍にいる同心は相変わらず床板に額を擦り付け、棒を持った小者たちはただ呆然《ぼうぜん》と突っ立っている。

（ともあれ）

と和三郎の思いは再び、老剣士との三度目の出会いの時に引き戻された。

浜松城下に身をひそめた竜馬と和三郎は、それぞれ追ってきた者たちと剣を交えることになった。そこにいたのが、かの老剣士である。井伊家の家中の者たちは、竜馬殺害のために、城下の道場に通う十数名の者たちを味方に引き入れて神社の本殿を取り巻いていた。

その場にいた老剣士は、竜馬に味方するでもなく、ただ成り行きを見ていただけであった。そのはずであったが、その場の仲裁に立つといった立場で、いつの間にか十数名の者たちからひとり一両ずつ巻き上げていたのである。どうしてそうなってしまうのか、和三郎にはさっぱり解せなかった。とにかく妖術とでもいうべき不思議な雰囲気で、人をたらし込んでしまうのである。

そして死んだ者、気絶した者を棄《す》てて、飄然《ひょうぜん》と神社から立ち去っていったのである。不可解なのは、神業に近い剣技を持ちながら、助太刀《すけだち》業を商売としてまるで恥じない態度である。

そして奇怪なのは、倒された者たちに対して老剣士は一度なりとも真剣を抜いていないことであった。

（剣を抜かずにどうして相手はよれよれと倒れていくのだ。あいつの正体は妖怪

ではないのか）

そう不気味に思った。だが坂本竜馬は、

「ああいう妖怪みたいのとは、これからも道中でたくさん出会う」

といったが、和三郎にはどうしてもそうは思えなかった。あの老剣士は剣聖とも思われる気高い威厳と奥の深い剣技を携えている。そこまでの境地に到達するのは容易なことではないことも分かっている。

それでいて剣術などどこ吹く風といった飄々としたところがある。何とも魅力的な人物なのである。和三郎はこの旅の途中でできることなら是非もう一度会いたいと心のどこかで願っていた。

（会《お》うて、是非一手、立ち合いを挑みたい）

それは修行人としての本能、剣術遣いの宿命ともいうべきものであった。

その老剣士が板壁を隔てたところで茶を飲んでいる。番頭がその前にかしこまって座っている。

そうしてみると、

（この平家屋の影の主人というのはほんまのことかもしれん）

和三郎は膳の上で箸を一旦止めて、熱を帯びて暴発しそうになっている体の処置に困っていた。

（こうなったら、すぐに江戸に向かうというのは考えものじゃ。どうしてもこの老剣士と立ち合いをしたい。指南を頂きたい）

「おい、同心」

と壁の向こうから声がした。

「は」

同心は頭を上げた。水面から亀が頭を立てた様子とそっくりだった。

「盗まれたのは全部でいくらだ」

「大戸屋では主人、番頭ともに殺されてしまったので、はっきりとは分かりませんが、湯治客が帳場に預けたのは合計二百両程のようでございます。花屋の方はだいたい百七十両というところでしょうか」

そこで、宿に持ち金を全部預けない客もいるということを和三郎は知った。

「ただ、もうひとつ不可解なことがございます。江戸より花屋に湯治に来ていた商家の者の内、親子が見当たらないということでございます。もしや拉致されたのではないかと」

「或《あ》いは野盗の一味かもしれんな。女とはいえ、ふたりも担いで山道を行くのは骨が折れる」

「さようでございますな」

どうにも腑《ふ》に落ちない様子で同心は首を傾《かし》げた。

「ただ、その親子というのは母親は三十半ば、娘は十六で盲目ということでございました。小女と下男が一緒だったのですが、この者たちは無事でした」

「十六歳で盲目か。これは救い出す必要があるかもしれんな」

「御意」

自信たっぷりに返事をした同心は次に老剣士から放たれた言葉に震え上がった。

「分かった。じゃが、いつまでそうしておるつもりじゃ。早く人を集めて野盗の隠れ家を突き止めさせろ」

「はっ！」

「まだ、山抜けはしてはおらん。十数名の野盗が宿の者を殺して三百七十両程度の獲物では決して満足しておらん。また襲う機会をどこかで窺っておるはずじゃ」

「は、はい。では早速」

けなげにも震えながら同心は片膝を立てた。すかさず和三郎は声を潜めて聞いた。

「おい、お役人、あの老剣士は何だ。小田原藩の指南役か」

「たわけ」

といって同心は目を剝いた。すると板壁の向こうから鋭い声が放たれてきた。

「同心、その前に草鞋で汚した床を拭いておけ。我が屋敷に草鞋を脱がずに上がるとはふとどきである」

なんだか随分威張っているな、と和三郎は思ったが、同心は跳び上がって懐紙を取り出すと一心不乱に床を拭きだした。小者たちも同じように掌《てのひら》で汚した床を拭いている。

「おい、教えてくれてもいいじゃろ。あの老剣士は御指南役なのか」

「たわけ、その御指南役を小刀で倒したお方だ。御前試合で、我が小田原藩が誇る御指南役三人をあっという間に打ち倒した名人じゃ。気安くあの老剣士などと呼ぶでない」

そういうと、同心は尻を上げて床を拭きながら土間の方に消えた。

（指南役を三人も倒したのか。やはり妖怪じゃな）

さもありなん、と和三郎は頷いていた。

「おい、修行人」

「は、はい」

「こっちへ来い」

いわれて和三郎はすぐに席を立った。気がつくと自分も同心と同じように尻をあげた四つん這《ば》いの格好になっている。

「カッカ」

前に来た和三郎の姿を見た老剣士は甲高い笑い声をたてた。

「どうだ。武者修行には金がかかるだろう。ここで一稼ぎしていかんか」

「一稼ぎですか。したいです。でも、どうやって？」

「その前に手にした箸をしまえ」

「あ」

箸を持っている自分に気付いて赤面した。顔だけでなく尻まで赤くなっている。

「算段はあとで教える。おっつけ与力がここへ駆けつけてくるはずじゃ。それはそうと、おぬしをつけ狙っているやつがおったな」

「えっ？　どんなやつです？」

「あれは確か浜松の神社の本殿の下から這い出てきたやつだ。仲間に背中を刺されて死んだのかと思っておったが、どっこい生きていたわい、まるで蝮《まむし》じゃの」

和三郎の頭にこんにゃく顔が浮かんだ。鎌坂《かまさか》郷の割元《わりもと》だ。刺客の仲間、飯塚某《なにがし》に背中を刺されたあと、その瀬良《せら》水ノ助を介抱したのは和三郎である。

「あいつめ」

腰を浮かした。あわてるな、と中村一心斎という老剣士はいった。

「裏に転がしておいた。縛ってはおらんが動ける状態ではない。それより、儂に手を貸さんか」

「お貸しします。何でも言いつけて下さい。但《ただ》し、いつかうらと一手立ち合って下さい」

そう返事をすると老剣士は妙な顔をした。首を傾げた姿勢が案山子《かかし》を初めて見た旅の途中の鶴のようになっている。

「立ち合いか。それなら今すぐに打ち込んでこい。同心が置いて行ったおぬしの刀はそこにある」

そういって老剣士は帯に挟んでいた鉄扇を取り出した。それは小刀の代わりであるといっているようだった。和三郎の腹の底で沸騰するものがあった。いや、それは噴火といってもいいほどの怒りでもあった。

床に転がされていたのは二両もかけて研ぎに出した刀である。冷静になろうと努め、刀を帯に差した。居合いの型を披露するつもりは毛頭なく、この鼻持ちならぬ、妖怪爺ィを本気で斬り倒してやろうと思った。

臍下三寸《へそしたさんずん》に力を込め、呼吸を整えたあと、左腰を引き、柄頭《つかがしら》を静止させた状態から、抜刀した。

だが抜いたはずの刀は鞘《さや》に納まったままだった。感じたのは、大きな泡のような頼りない球体が、鉄扇から放たれて、ふわりと体に張り付いたことである。そのあと球体に押し出された感覚を抱かされた。すると急に和三郎の体は宙に浮き上がり、二間（約三・六メートル）離れた土間まで飛ばされた。

覚えているのはそこまでである。和三郎は気を失っていた。

四

そこは老剣士の居間である。かなり広いところで、小田原奉行所の与力、同心ふたり、湯本の名主と村役人を兼ねた旅館の主人六人、それに和三郎が入ってもまだ部屋には余裕があった。柱に、一輪の花を生けた器が掛けられただけの簡素な部屋である。

縁側には八人程の村の衆が腰掛けて、同心が聞き込んできた情報に耳をそばだてている。さらにその外には半棒を携えた小者が六名、中間が四人立っている。

時刻は四ツ半（午前十一時頃）を過ぎるところだった。一里の急坂を駆けて山に偵察に出た小者たちの報告によって、野盗らしい一味が城山の麓にある廃寺に逃げ込んだらしいことが、途中で出会った樵《きこり》や巡礼、それに水呑《みずの》み峠と呼ばれる外輪山のてっぺん付近から降りてきた山伏の一行の証言で分かった。

だが、その一味の人数というのはまちまちで七、八名という者もいれば、十五名という巡礼もいた。誰も正確な人数を数えられなかったのは、明らかに殺気立った一群が潜む廃寺を覗きにいけなかったからである。拉致された親子がいたかどうかも分からずじまいである。

「まず、きゃつらがそこに一旦巣くったとして、これだけの手勢で踏み込むのは無理じゃな。中間や小者合わせて十人。侍を含めた野盗が十五人として少なくとも倍の捕り手が必要じゃ。小田原からの援軍を待つしかあるまい」

「援軍はござらん」

苫米地が分厚い唇をへの字に曲げた。

「ない？　何故じゃ」

「湯本から湯坂道、湯坂峠から浅間山の南麓にかけては我らの管轄でござる。我らの面目にかけてやり遂げるしかござらん」

分厚い頬が隆起して苫米地はどこか勝ち誇った顔付きになった。

「じゃが、怪我人《けがにん》が出るぞ。その怪我人をあの者たちでは助けることは叶《かな》わんじゃろ。きゃつらはそれを見越して一旦廃寺にとどまっておるのだ。役所の事情は筒抜けだ」

「ではどうすればよろしいのでござるか」

与力の苫米地が慇懃《いんぎん》に頭を低くして尋ねた。すると同心ふたりも合わせて頭を下げた。

「ござるかもどうするもない。たとえ敵《かな》わないと知りつつも、まずさらわれた親子を救い出し、野盗を捕縛するのが役人の務めであろう」

「は、それはそうでございますが、なにせ野盗などという輩《やから》とは戦さしたことのない者ばかりでござるので、それで……」

苫米地は額に浮いた汗を指で拭った。

「それで何じゃ。引き下がるのか」

「いえ、それは……」

「玉砕せい。それが役人の生きる道じゃ。ここが自分たちの縄張りというのなら命がけで民を守る。それが使命じゃ。だが、もしできないというのなら、そうさな」

老剣士はぐるりと一同を見渡した。名主と村役人を兼ねた六人の旅館の主人は、老剣士を哀願する眼差《まなざ》しで見つめ返した。

「家族を棄てて出奔しろ」

与力はがっくりと顎を落とした。

「出奔。我らに脱藩せよといわれるのか。さ、さような無責任なことはできかねる。な、な、おぬしらもそうであろう」

同心ふたりに相槌《あいづち》を求めた。ふたりとも顔を歪《ゆが》めて泣き出しそうになっている。

「できぬか。では最後の手段じゃ。……儂が手を貸そう」

そう老剣士はもったいぶった口調でいった。出たな、と和三郎は思った。ここからの展開がこの老剣士の得意技なのである。案の定、与力のふてくされた顔がいきなり明るくなった。

「それは願ってもないことでござる。中村一心斎殿となれば千人力でござる」

「ほう、千人力か」

「千人力でござる」

苦米地はさかんにおだてた。だがその口調とは裏腹に、目の前の人物をどこか見下したように頬を歪めて、顎を斜め横に振ったのを和三郎は見逃さなかった。

アホな与力じゃ、と和三郎は役人の習癖ともいうべき尊大な態度に呆《あき》れていた。力のある者には媚《こ》びてみたり、権力がないと見定めた者には威丈高になる役人を、無償で手助けする人がいるわけがないではないか。

老剣士は無造作にいった。

「では、助《すけ》っ人《と》料として千両申し受ける」

「せ、千両！」

苦米地は座ったまま腰を抜かした。同心ふたりは目ん玉をむき出して気絶したようになっている。

(出た。この老剣士の妖術がこれだ。脅してたらし込む、これがこの人の真骨頂なのだ)

「これ村の者、千両、都合つくか」

かろうじて失神から踏みとどまった苦米地は、ふんぞり返って村役人六人衆に向かっていった。質問ではなく、千両出せと命じている。

「いや、それはとても無理でございます」

ひとりが笑顔を浮かべて、偉そうにしている与力にいった。隣に座った者が頷いた。

「せいぜい五十両でございます」

苦米地はしばらく村の者を睨みつけていた。やがて老剣士に向き直った。

「この者たちはこのように申しております。なんとか五十両で手を打ってもらいたい」

「たわけ者！」

低い声で怒鳴った老剣士の声が襖《ふすま》と畳を震わせた。

「おい、与力、儂はおぬしに千両を支払えといったのだ。これは奉行所の役目であろう。払わないのなら儂は役人に加勢はせん。さあ、こんなところで値切り交渉などしておらず、とっとと野盗退治に行け。さっさと行け」

老剣士の眉間に炎が立った。さすがに与力も同心も畏《おそ》れ入って平伏した。

「で、でござるが、この者たちだけでは何ともできかねるのでござる。是非、中村様に御助力を給《たま》わりたく」

「ではあの者たちに甲冑《かっちゅう》を着せて野盗退治に行かせろ。正面から行かず、廃寺の背後から囲むのだ。うろうろしていると逃げられてしまうぞ」

「で、ですが、甲冑など小者は持っておりません。中間に持つ者もおりますが、この頃は黒船騒ぎで一気に値上がり致して一揃《ひとそろ》え五十両もかかります故……」

「かかるか。では、西遊記の玄奘三蔵《げんじょうさんぞう》の供猿どものように、奇妙奇天烈《きてれつ》な格好でもさせるんだな。夕闇の明かりに浮かんだ軍勢を目にすれば、連中はさぞかしたまげるであろう。そこを攻めるのじゃ。さ、分かったらとっとと失《う》せろ！」

一喝した。与力は跳び上がった。老剣士の燃える眼光がそれに追い打ちをかけた。何か言いかけた与力は眼光に目を射抜かれてよろめいた。そして傾いた体を伸ばすことなく庭先からよろよろと出て行った。同心、小者があとに続いた。

役人がいなくなると、老剣士は村の衆の前で茶を飲み干し、立ち上がった。

「さて、儂はこれから風呂に入る。あとは勝手に相談なさるがよろしい。おい、修行人、おぬしも来い」

突然そういわれた和三郎はちょっとためらった。だが、村の衆が目を皿のようにして見つめてくるのを知って、はい、と返事をして立ち上がった。これでどうやら自分は役人から尋問されることはなくなったし、あとは老剣士のいう一稼ぎに命運を託そうと、さもしいことを考えてあとに続いた。

五

後から湯殿に浸かると、目をつむっていた老剣士は和三郎を見て微笑《ほほえ》んだ。そのやさしい目つきが怪しくなんとも不気味である。

（この人がうらごとき修行人を一人前に扱うわけがない。きっと何か裏がある）

しかし、先ほどは和三郎の居合いがまったく通じなかったこともあって、老剣士に対する畏敬の念が深まっていることも事実であった。

「では儂の考えた段取りを話そう」

「その前にひとつお伺いしたいのですが、先ほど、中村殿は富士に籠っておられたといわれましたが、事実でございますか」

「そうじゃ」

「籠って何をされておったのですか」

「瞑想《めいそう》じゃ」

おだやかな表情でいった。

「と、いわれますと」

「我が流派に不二《ふじ》から得た精神を吹き込むための瞑想じゃ」

「富士の精神。それは如何《いか》なるものでございますか」

「儂に聞きたいことはひとつだといっておったな。もう、みっつよっつ聞きおったぞ」

老剣士のおだやかな表情は変わらなかった。

「では最後にひとつだけ。中村様の流派は何といわれますか」

「不二心流《ふじしん》じゃ。相撲取りのしこ名にある富士ではなく、ふたつとないと書く。但し、これは儂が勝手にいっていることで何人《なんぴと》も認めてはおらん。なんといっても怪しげじゃからな。弟子もつくるつもりはない。それでよいか」

「はい」

よくはなかったが、仕方なく頷いた。鉄扇を持った老剣士の体から発せられた、あの不可思議な透明な球体の正体は一体何だったのか。それを確かめるすべが見《み》出《いだ》せないので一旦は引き下がったのである。

「では、段取りじゃ。野盗をふん縛ったときの報酬についてはこれから儂が村の者と取り決める。おぬしの取り分は成功した暁に考える。なに、そんなに悪いようにはせん」

「はい。で、どうすればよいのですか」

「平たくいえば、おぬしはやつらの中に飛び込み、連中を混乱させ、仲間意識を分断させ、同士討ちに持ち込むのじゃ」

無茶なことを言い出すだろうとは覚悟していたが、老剣士の口にしたことは想像以上だった。飛び込むといっても川に飛び込むのとは訳が違う。それに、

「同士討ち？　そんなことが可能なのですか」

「それはやってみなくては分からん。それはおぬしの才覚にかかっている」

才覚？

和三郎は思わず悲鳴をあげそうになった。そういう策略めいた才覚とは無縁だった故に、ずっと冷や飯食いでいたのだ。才覚のある者なら、力のある者に取り入って、小姓組で五人扶持《ぶち》の切米《きりまい》を得ている。

「おぬしは手下を引き連れて、日のあるうちにやつらの巣に偶然を装って紛れ込む。その際、囚《とら》われの身となるか、歓待されるかは連れていく女たちの器量によって違う」

「ちょっと、お待ち下さい。女たちとは誰です。どこにいるのです」

ふっと老剣士は笑ったようだった。それからついでのように欠伸《あくび》をした。

「そんなことは知らん。女を集めるのも、手下を使うのもおぬしの才覚次第だ。

とにかくやつらを分断させ、どさくさに紛れて拉致された親子を救い出すのじゃ。それがおぬしの使命じゃ」

「どさくさ。一体どんなどさくさなのですか」

老剣士は取り合わなかった。

「そしてな。この村では、野盗どもの次の襲撃に備えて、明日、村中のお宝を別のところに移すようだと連中に吹き込むのだ。まず、欲の深いのはそこで引っかかる。では、よしなに」

老剣士はそういうと湯殿から湯けむりと共に消えていった。あわてて和三郎も後を追って脱衣場に行ったが、すでに老剣士の姿はなくなっていた。そこで和三郎は妙なことに気付かされた。和三郎の衣類の上に、母から与えられた白鞘の脇差が、これみよがしに斜めに置き去りにされていたことである。

廃寺への斥候には、旅芸人の一座の娘三人も、「ユキちゃんの仇討《あだう》ちのためなら是非同行したい」と言い張ったが、和三郎は押しとどめた。これは単なる斥候ではなく、囮作戦ともいうべき危険なものだから、もしものときには自分ひとりで、あんたたちを守ることは不可能だといってなんとか諦めさせた。

代わりに連れていくことになったのは、この宿を根城にしている丸い体付きの性悪芸者と女形の青八である。和三郎にとってはそのふたりを都合つけるのが精一杯だったのである。それも報酬はひとりにつき五両とはったりをかました上でのことである。

（こんなんで果たして一座の娘たちの代用が務まるのか）

とてもそうは思えなかったが、老剣士の算段に従って娘を調達するとなると、半ば破れかぶれでそこいらで手を打つ他なかったのである。

三人の先頭には縄で後ろ手を縛った瀬良水ノ助を行かせた。相変わらず長い顎を馬のように上げて泣き言をいっていたが、和三郎は聞く耳を持たなかった。何があっても簡単にはくたばる男ではないと判明したからである。

出発のとき挨拶をしようと思って、老剣士の居間の前の庭先を通ると、湯本旅館の六人の村役人と談判する様子が耳に入ってきた。それも妙な談合めいた話し合いだった。

「まずは逃げ道を教えてやることじゃ。やつらも追っ手が掛かるとビクついておるからな」

まず老剣士の声が聞こえた。

「逃げ道でございますか。すると野盗を逃がすので」

名主が恐る恐るといった調子で聞いた。

「さよう。盗られた金子《きんす》はあきらめろ。湯本の旅館で客に半額も返してやればよいであろう」

「し、しかし……」

「それでは奉行所の面子《メンツ》が立たないのではありませんか」

と六人衆のひとりがいった。

「だから役人も必死で廃寺を取り囲む作戦に出るじゃろう。だがこの湯本への道は開けさせてある。ここにはお宝という餌があり、野盗がイチかバチかを賭けて湯本を襲うのは必定じゃ。そこでおぬしらが待ち受けていて連中をひっぱたく」

そこにいた者は互いの顔を見合わせて目配せをした。年かさの名主がいった。

「ひっぱたく？　ご、ご冗談を。私らは商人でございます。野盗をひっぱたくなんていう荒業ができるわけございません。第一そんなことで屈強な野盗どもを倒せるわけがございません。あのう、そこは音に聞こえた中村一心斎殿に是非、野盗の御処置をお願いしたいのですが」

すると老剣士の頬が膨らんで、白い歯が覗いた。

「調子のよい者たちだのう。儂ひとりに任せて、おぬしらは知らぬ顔の半兵衛を決めこむつもりか。あきれた者たちじゃ。よしんば儂が殺されたところでおぬしらに痛みはないというわけか」

「め、滅相もございません」

「ではおぬしらが商人というからには、それ相応の身銭は切らねばならぬぞ。よいか、侍を雇うということはそれだけの因果応報がかかってくるということじゃ。気安く端金《はしたがね》で用心棒を雇うと、おぬしらの命はおろか、この村は炎に包まれることになるぞ。危ないぞ。覚悟はできているであろうな」

静かにそう言い聞かせる老剣士の声が庭にも響いてくる。村役人の六人組でなくとも身の毛がよだつような声色である。

正面から熱した陽光をまともに受けた和三郎は、菅笠《すげがさ》で顔を隠し、水ノ助の尻を鐺《こじり》で突くと、厚化粧の芸者とお化けのような化粧顔の青八を引き連れて、そそくさと裏庭を抜けて湯坂道に出た。そこからは急峻《きゆうしゆん》な山道が曲がりくねって続いている。

「殺さねーで下さい。うらはほんなつもりで岡さんの後をつけてきたんじゃねーんで。富士川の手前で見かけただで、ほれで様子を窺うてただけなんで」

水ノ助が汗まみれの顔を後ろに向けて懇願した。

「黙って歩きね。よいか、もし乱闘になったらおまえはいの一番に囚われてる親子を救い出すのだ。ほれでどっか安全なところで隠れていろ。それができたらおまえの命は助けてやる」

それは本気でいった言葉だった。野盗と面と向かって戦う気は和三郎には毛頭なかった。それに老剣士がいったような、同士討ちを演出できる才覚などあろうはずがない。

すると連中相手にひとりで奮戦するほかないが、そうなれば殺されるに決まっている。だが、盲目の娘とその母親が野盗に拉致されているのであったら、なんとしても救い出さなくてはならない。

(そのためだったら、自分の命くらいくれてやる)

山の森の中までは陽《ひ》が射さず、むしろ空気はひんやりとしていた。今は、一稼ぎという甘言も胸の中から消えていた。進軍あるのみであった。

六

途中、「もう、歩けない」と芸者がだだをこねた。それで和三郎は水ノ助を繋《つな》いでいる縄を芸者にもたせ、水ノ助に引っ張らせた。さらに青八に芸者の臀部《でんぶ》を後ろから押させた。青八の化粧もあらかた落ち、泥のような地肌が白粉《おしろい》の中から覗いている。これではとても女の代用は務まらない。

一里半程行ったところで山道は左右に分かれていた。右手に行けば城山に通じるようだったが、そこは草が生い茂り岩もごろごろしていてまるで獣道のようだった。それでも水ノ助を急《せ》き立てて先導させると、曲がりくねった先に山門らしきものが木々の間から垣間見えてきた。あそこか、と思った時、

「助けてくれー」と水ノ助がいきなり叫んで芸者が握っていた縄を振りほどいて疾走しだした。

（あやつまた裏切りやがった）

その水ノ助の姿が不意に草木の向こうに消えた。代わりに手拭いを被《かぶ》った男がぬっと現れた。

「何だ、てめえらは」

棍棒《こんぼう》を手にしてパッチを穿《は》いた小男は職人のような出《い》で立《た》ちをしている。その足元に水ノ助が倒れている。男に殴られたのだ。

「一応尋ねる。貴様は湯本の旅館を襲った野盗の一味か」

芸者と青八を置いて、和三郎はずんずん進みながらそう尋ねた。

「て、てめえ」

「そうらしいな」

悪相ではないが荒《すさ》んだ目付きから盗賊稼業で糧を得ているようだと判断した。和三郎は顔付きで人となりを判断する癖があるようだった。

「誘拐した親子は生きているか」

「てめえは何でえ」

それには答えず和三郎は一歩踏み込んで木刀の柄を小男の腹にぶち込んだ。その一撃で見張りは卒倒した。和三郎は小男の褌《ふんどし》を取ると素早く後ろ手にして十文字に縛り上げた。それから小男が頭に巻いていた手拭いを丸めて口の中にねじ込んだ。

「こ、この野郎、ユキちゃんを殺しやがって」

青八の血管が大きく浮き上がっている。水ノ助を縛っていた和三郎は、青八が棍棒で小男をさらに叩きのめしているのを目に留めて、「待て」と押し留《とど》めた。

「こいつには親子を助けたあとで下まで運ばせる手伝いをさせる。足は打つな。それより一緒に来てくれ。寺に潜り込む」

「ふたりで乗り込むんで？」

青八は茹《ゆ》だった空気の中で名前通り青くなった。

「三人だ。だが青八は縁の下に隠れておれ。中にはうらと女でそっと入る」

「あたしが？　やだよ。殺されるよ」

「男は芸者は殺さん」

だだをこねていた芸者だったが、ひとりだけでそこに置いておかれるのが不安になったらしく、渋々あとについてきた。

破れ落ちた山門をくぐると廃寺に続く小道があり長い石段が現れた。逃げ出《だ》すかと疑っていたふたりは、すっかりあきらめきって、ゼーゼーと荒い息を吐きながら野草が伸びる石段を登った。

大きな寺が現れた。破れ寺《やでら》ではあったが、かつては由緒ある寺院だったらしく、母屋の東西に小寝殿があり、さらに母屋の奥には仏間と鷹《たか》の間とか菊の間と呼ばれている小部屋もある様子だっだ。母屋の前の濡《ぬ》れ縁の下に駕籠《かご》のようなものが打ち捨てられてある。

「あの駕籠は何や」

「山駕籠で。客はあそこに寝そべって峠を越えるんでさ。雲助《くもすけ》が担いで登るんでさ」

「すると仲間に元雲助がいるな。あれで親子を運んだな」

「破落戸《ごろつき》雲助ですよ、大抵の雲助は真面目《まじめ》に荷駄を運びます。貧乏ですがね。破落戸は追い剝ぎをやって追放されたやつらですよ」

「じゃあ、殺しても構わんな」

「どんどんやって下せー」

青八の頰骨が削《そ》げている。異様な殺気が女形の青八にもみなぎってきている。

和三郎はもう一度寺の全体を見渡した。そこに見張りらしい者の姿がないのは奥の間で昼寝しているか酒でも飲んでいるのだろう。だが馬道まである大きな廃寺を一目見て、

(これは簡単には探し出すことはできない)

と思った和三郎は、ふたりに隠れているように申しつけて、置き去りにした見張りのところまで急いで戻った。小男はまだ気絶していた。和三郎がカツを入れ

るとたんに息を吹き返した。

「さらった親子はどこにおる」

手拭いを口から取って小柄《こづか》を喉に突きつけた。小男は唾を吐き出すと歯を食いしばった。

「どうせ吐くことになる。目玉に釘《くぎ》を刺し、指を一本一本折る。どうだ、死ぬほど痛い思いをする前にあっさり吐いた方がいいぞ」

今度は小柄を眉間に突き立てた。小男が寄り目になると頬骨まで狭まった。

「墨絵の間じゃ」

あっさりと吐いた。

「どこだ、そこは」

「仏間の裏、小部屋があってその一番北の端じゃ。だが無駄じゃ。中に侍が六人もおる。仲間は全部で十三人もおるんじゃ。おまえは殺されるんじゃ」

「十二人だ」

和三郎は小男の鳩尾《みぞおち》を柄頭で打ち、さらに落ちていた棒で後頭部を打ち付けた。ボカッと音が響いて棒が折れた。

横を見ると水ノ助が仰天した目で成り行きを見ていた。和三郎は水ノ助の口輪をはずした。

「何かいうことがあるか、裏切り者め」

「助けとくんね。もうあほな真似《まね》はしねえ。本当じゃ」

「嘘《うそ》でも構わん。そのときは飯塚同様おまえを脳天から打ち据えるまでじゃ。脳みそが飛び散るぞ、見たいじゃろ」

「見たくない。親子を助けるんじゃろ、うらも行く」

「よし、いいやろ」

和三郎は気前よく水ノ助の縄を解《ほど》いた。山門をくぐりながら状況を説明した。

「いいか、おれが親子を助け出す前に気付かれたら、おまえは濡れ縁の下から飛び出して、外から役人が来たと叫ぶんだ。その数五十人。その後どうなるか分からんが出たとこ勝負だ。それから濡れ縁の下に山駕籠がある。うまく親子を助け出せたらそれに親子を乗せて担げ」

「うらひとりでか」

「そこで気絶しているのがおるじゃろ」

戻ると青八と芸者は草の中に身を潜めて息を殺して待っていた。

和三郎は無言で寺の裏手、濡れ縁の北側を指差した。三人は青ざめた様子で和三郎を見つめている。無理もない、相手は命知らずの盗賊の一味なのだ。それに人殺しも厭《いと》わない凶暴な連中だ。

和三郎は刀を抜き、先頭に立って馬道を通って寝殿母屋の脇を抜けた。そのときどこかの部屋から、ふたりの男が何か言い争いをしながら出てきた。ふたりとも黒装束でいるが侍ではない。とっさに和三郎は三人を濡れ縁の下に潜らせた。ところが何を思ったか、水ノ助が濡れ縁の脇から首を出してふたりを仰ぎ見る形になった。

「おい、そこで何をしとる」

ひとりと眼《め》があったのか上から声が落ちてきた。続いて、

「なんだ、てめえは」

という声がしてふたりは下に飛び降りた。その尻が息を潜めている青八と芸者の前にある。

「あ、いえ、ここに先祖の墓がありまして」

なんぞと水ノ助はしきりに弁解をしている。「こいつやっちまえ」とひとりが怒鳴り匕首を抜いて水ノ助の襟首を摑《つか》んだ。和三郎が母屋の裏へ飛び出したのはそのときだ。無言で背後からひとりの首を斬り、返す刀でもうひとりの喉を突い

た。大量に血が噴き出し、水ノ助を血の雨が襲った。ふたりとも声をたてずに絶命したが、水ノ助はわっと喚いて腰を抜かした。すかさず水ノ助の口を塞ぎ、濡れ縁の下に引きずり込んだ。

（これでまた人を斬った）

そのときあの老剣士のような神業をものにすることができれば、人なんか斬らなくて済むのにと思った。

和三郎は返り血を全身に浴びてガタガタ震えている水ノ助に「屍体《したい》を隠しておけ」と命じて、目を丸くしている青八と芸者にあとをついてくるように合図した。

「おらは行かなくていいんじゃねーのか」

震える声で青八が囁《ささや》いた。熱気の中、全身が青ざめているようだった。無理もない。ふたつの首が飛ぶ光景など一生目にするものではない。和三郎は冷酷にいった。

「作戦が変わった、ふたりはめでたく駆け落ち者だ。見つかったらそれでしばらくごまかせ。その間、うらが親子を救い出す」

「そのあとどうするんで？」

「それだけだ。もし斬り合いになったら、青八とあんた、えーと、あんた名前は何という」

「美女だよ」

芸者はすました顔でいった。肝っ玉が据わっている。

「よし、美女、青八と娘を担いで逃げろ。行くぞ」

洞穴のようになっている濡れ縁の下を背中を丸めて進んだ。葉っぱや小枝の積もった階段が北の端にあった。ふたりがついてきているのを確かめると、和三郎はそっと四段ある階段を上った。見張り役が口にした墨絵の間らしきところを開けようとすると、笑い声がして内側から戸が開きだした。

和三郎はその戸に手をかけて力を込めて開いた。額に切り傷を持った男と、迫《せ》り出した前歯を上下に揺らして下卑た笑いを浮かべている男と面と向かい合った。

「閻魔《えんま》大王が待っているぞ」

形相が変わったときには、ふたりは同時に絶命していた。血が噴きださぬように、ひとりの心の臓を切先で刺すと、次の男は延髄と呼ばれている箇所から喉に向けて突き刺した。

絶命したふたりを部屋に押し込むと、そこにふたりの女がいた。母親らしい女は娘に寄り添い乱れた娘の着物を直していた。

ふたりの男が声をたてることなく死んだのを知っても、母親の憔悴《しょうすい》しきった表情は変わらなかった。

「助けに来た」

そうひとことといって和三郎は娘の傍に膝をついた。

「すぐにここを出る。声は出すな」

母親の目に小さな蠟燭《ろうそく》の灯《あか》りがぽつんと灯《とも》った。

「歩けるか」

かろうじて頷いたが動ける状態ではなかった。娘は目を開いてはいるが、実際には何も映ってはいないのだろう。半ば開いた口の端から涎《よだれ》が垂れている。それを母親は着物の袖で拭おうとした。

「よし、行くぞ」

和三郎は刀を鞘に納め、娘を背中に背負うと母親の腕を取った。よろめいた母親が和三郎の胸の中に落ちてきた。

(この人はうらの母と同じだ)

何の脈絡もなく、突然その思いが胸に浮かんだ。

母親はしきりに何か言おうとしているが、声は掠《かす》れて出てこない。和三郎は母親の体ごと抱き上げた。立ち上がった和三郎の体がよろめいた。背負った十六歳の娘の体は想像していたより重みがあった。

戸口をくぐって濡れ縁に出た。そこにいるはずのふたりの姿が見えなくなっていた。逃げられたか、と思ったとき、今後起きる困難な状況を思い描いて和三郎は絶望的になった。

「おい、どうしたのじゃ」

反対側の小部屋の向こうから武家者の声が放たれた。和三郎は必死で濡れ縁を回り、北の階段のところまで来た。そこに蹲《うずくま》る青八と芸者の姿を目に留めたときは地獄で仏を見る思いだった。駆け落ち者になりきっていたのか、ふたりは指をからめていた。

「おい、このふたりを頼む」

状況を顧みている余裕などなかった。そういうと芸者が先に階段を上がってきた。和三郎の背負っている娘に芸者が腕を回すと、

「貴様！　何者じゃ！」

と誰何《すいか》する侍の怒鳴り声が背後から放たれた。覚悟して振り向くと、荒んだ形相をした痩せた背の高い浪人が抜き身を下げて佇んでいた。

和三郎は腰を落として静かに剣を抜いた。すでに人の血を吸っていた刀身には

脂が浮き出ていた。果たしてそれで人を斬ることができるのかどうか疑問だった。

浪人が鋭い踏み込みで突いてきた。それより一瞬早く浪人の腹を払ったが、浪人の体からは骨の折れる鈍い音がしただけで、斬り倒すことはかなわなかった。

浪人が膝をついて庫裡《くり》にまで聞こえる声で何事か叫んだ。

「ウオーッ!」

「ドリャー!」

という喚声《かんせい》と共に陣太鼓の音が山から響き渡ってきたのはそのときである。さらに鉄砲の音が空を裂いた。

何事かと視線を山の中腹に向けると、そこに刺股《さすまた》や突棒《つくぼう》、それに袖がらみといった長柄をもった役人たちが、まるで孫悟空《そんごくう》や猪八戒《ちよはつかい》のような奇妙な出で立ちをして攻め込んでくるところだった。

陣太鼓を叩いているのは与力である。

(この役人たちは何か大きな勘違いをしている)

助かったと思った和三郎が、その次に浮かべた思いはそういったものだった。

第六章　開眼、そして江戸へ

一

母親を乗せた山駕籠《やまかご》を青八と野盗一味の見張り役に担がせて、和三郎は娘を背負って山を降りた。使い物にならなくなった水ノ助には、仏を供養するように言いつけて廃寺に置いてきた。

途中、娘は自分が助けられたことに気付いたらしく、何度となく母親を呼び、すすり泣いた。芸者が「おかあさんは一緒にいるよ」としきりになぐさめた。和三郎の汗ばんだ背中に娘の熱した体が溶け込んでくる。

(それでも生きるんじゃ。あんたは生きなくてはいけないんや。それがあんたの使命なんじゃ)

和三郎はそう胸の中で呟《つぶや》き続けた。そうしているうちに、自分の思いが娘に届くような気がしてきた。

「生きるんや」

簏に近づいてきたとき、和三郎は声に出してそういった。不思議なことにその後娘の口からすすり泣く声が途絶えた。

湯本の「平家屋」の湯治場に母親と娘を入れると、あとのことは芸者に頼んで和三郎は宿を出た。出る前に、

「あの娘の心の傷は深いだろうな」

と芸者にいうと、

「そうね。でも洗い流せばいずれ治りますよ」

と芸者は平然と口にした。そのときだけ和三郎には芸者が自らを「美女」といった理由が分かったような気がした。

二

それは乱闘と呼べるものではなかった。全ては一瞬の内に終わった。

和三郎が最初に目にしたのは、役人に追われてきたらしい六人の侍が、隠れていた深い森の中から姿を現したときだった。

与力に指揮された小者《こもの》たちは、廃寺に巣食っていた数名の野盗を捕らえて、意

気揚々と凱旋《がいせん》した後だった。

　夕暮れの中にぬっと現れた六人の侍は見るからに荒《すさ》んでいた。里に下りてきたのは、思いのほか少なかった獲物に満足できずに、再び湯本の旅籠《はたご》を襲う算段でも立てたからかもしれなかった。役人が野盗を捕らえたことで里の者たちは安心しきっているはずだった。その機会を狙ったものかもしれない。その侍の中に和三郎が腹を斬ったはずの浪人も混じっていた。

　彼らの視線は山道に立ちはだかった老剣士に向けられていた。和三郎はそのまっすぐに伸びた背中を見ていた。老剣士に加勢する気が先に立ったのだが、その背中が拒絶していた。思わず足が止まったのは、足手まといだと老剣士の呟きを耳にしたような気がしたからである。

　六人の内、頭領らしい侍が五間（約九メートル）向こうで抜刀した。

「爺《じじ》イ、邪魔だてする気か」

　その言葉を合図に他の五人も抜刀した。すると老剣士は山道の脇に少しだけあった平らな地形に移動した。その手にしているのは鉄扇だった。

　すかさずひとりが老剣士につっかけた。老剣士は微動だにすることもなかった。ただ殺気立った様子で迫ってくる侍を見ていただけである。

その侍は他の者にいいところを見せようとでも思ったのか、いきなり跳びあがると「どあー」と気合いを入れると刀を振りかざして踏み込んだ。その剣先がどれほど老剣士の頭上に迫ったのか、しっかり見ていたはずの和三郎にも分からなかった。次に目に留めたのは、つっかけた侍が数間後ろに飛ばされて、岩石に頭を打って失神したことである。

頭領と思《おぼ》しき侍が身構えた。

「一気に殺《や》れ」

と怒鳴ると残った四人はひと塊になって老剣士に殺到した。四人の剣先が今日最後の木漏れ日の中できらめいた。

そしてそれらはそのまま鏡の破片のように散った。

四人の侍はある者は岩に背中を打ち、ある者は首が折れたように座り込み、別の者は坂道を転がり落ち、ある者は草むらにつっぷしたまま動かなくなった。全ては瞬きの内の出来事だった。

残った頭領が鬼の形相で踏み込んできたときだけ、老剣士は手にした鉄扇を小さく振った。すると侍の手から刀が弾《はじ》かれ、空を舞った。頭領は数歩前にたたらを踏むと、腰の骨が砕かれたように坂道に座り込んだ。その直後、頭領の頭上に高いところから刀が落ちてきて脳天に突き刺さった。

和三郎は息を呑《の》んだ。全てが幻の内の出来事のようだった。その瞬間を目の当たりにしたのは山の中にいる和三郎ただひとりだった。誰にいま目にしたことを説明しても信じてはもらえないだろう。それは妖怪の仕業などといういかがわしいものではなく、神が起こした剣聖の技だった。

老剣士が振り返った。

和三郎は謙虚に頭を下げた。そして小石混じりの山道に跪《ひざまず》いた。

「中村一心斎様。どうぞ私を弟子にして下さい」

老剣士はそこに和三郎がいたことに驚く様子もなかった。ただ、ふっと頰に笑みを浮かべた。

「弟子など、儂《わし》はとらん」

そう一喝されると覚悟した。だが、老剣士が口にしたのは慈愛に溢《あふ》れる言葉だった。

「弟子か。それもいいかもしれん。儂の命もそう長くはないからな。おぬしはいい男じゃ。それもよかろう」

そういってから、

「役人を呼んできてくれ、手柄をたてろとな」

と静かな声で囁《ささや》いた。

三

「この世に秘剣などというものはない」

居間で茶を口に含んだ中村一心斎は、暗くなった庭に視線をやりながらそう呟いた。

「しかし、うらは、私は、しかとこの目で見ました。屈強な浪人五人がまるで子猫のように宙を舞いました。しかもその間、先生は剣すら抜いていませんでした。まさに神業です」

「あれか」

一心斎は薄く笑った。おかしさをこらえている表情だった。

「あれは業などというものではない。攻撃してくる者から身を護《まも》ったに過ぎん」

「でもあいつらは数間も飛ばされた上、失神しました。護りではあんなことはできません」

「飛ばされたのではない。勝手に飛んで行ったのじゃ。あれはやつらが己の殺気で己の体を懲らしめたのじゃ」

「おっしゃっている意味が分かりません」

「朝のおぬしと同じじゃ。斬ろうと執念を抱いて刀を抜いたであろう。その執念が強い分だけ己に返ってくるものも大きいということじゃ」

和三郎は思い出していた。何か巨大な泡のようなもの、それも粘りのある風船玉のようなもので体も口も塞がれ気が遠くなったことを。

しかし、そういった記憶は断片的に残ってはいるものの、体を透明な球体で押さえ込まれた者としてはその正体がまるで摑《つか》めていなかった。

（やはりにわか弟子では簡単には教えてもらえんのじゃろうな）

和三郎は落胆していた。行灯《あんどん》の灯りの下で、目を伏せて茣蓙《ござ》の網目を数えた。

（簡単に剣の道を極めようと思うたうらが調子良すぎるのや。剣術の道は深いのや。何十年も努力を重ねて免許皆伝を授かるのだ。己をいましめなければならん）

「立ってみろ」

不意に一心斎がいった。

「はい」

「敵が前にいる。それを知ったとき、おぬしは身構えるのではなく、体を丸めるのじゃ」

「丸める。こうですか」

和三郎は背中を曲げた。老人になった気がした。

「いや、実際に丸めるのではない。殺気を無くすということじゃ。今、おぬしの体は球体の中にいる。そこに佇《たたず》んでいる」

「球体の中に、ですか」

「透明で鋼より強い球体だ。球体が居心地悪ければ卵でもよい。その硬い殻に覆われている。それが身を護るということだ。攻めてきた者はその透明な鋼にぶち当たって自らの力で己を打ち砕くことになる。それが弟子のおぬしに儂が教えられるたったひとつのことだ」

そういうと一心斎は呆然《ぼうぜん》と立ち尽くしている和三郎を見上げて茶をすすった。

そのときなぜだか和三郎は、佇んでいるだけで神聖な思いになっている自分がいるのを知った。そしてもうひとつ忘れていた情景が不意に頭をよぎった。それは刀を抜いて振りかぶったとき、目の前にいる老剣士が舎利仏《しゃりぶつ》のように見えたことだった。

(これが剣技に開眼するということなのだろうか)

そう思ったとたん、和三郎は頭を振った。

（違う。開眼とは相手より強い剣を身につけることではない。開眼とは、開眼するということは……）

どう抗《あらが》ってみても到達することのできない境地を知ることではないのか。

（どう抗ってみても……）

四

「武者修行には金がかかる。持っていけ」

一度は辞退したが一心斎はそういうと和三郎にずっしりと重い金子《きんす》の入った巾着を手渡した。それを青八と美女と称した芸者が宿の土間に並んで立って見ていた。ふたりとも溢れんばかりの笑みを浮かべている。一心斎が、野盗から強奪された銭の二割を謝礼として客から受け取ったと聞いたからでもある。湯本の村役人の報奨金と合わせると百両を超えるはずだ。もう長い命ではないといった一心斎師匠が、貯《た》めた銭を何に使おうとしているのか和三郎には疑問だった。

新しい草鞋《わらじ》をつけて笠《かさ》をとった。一心斎に挨拶をしようと顔を上げると、いつの間に取ったのか一心斎は和三郎の脇差を手にして、刃《やいば》をしげしげと見つめている。

「これは竹俣兼光《たけのまたかねみつ》だな。菖蒲造《しょうぶつくり》とは珍しい」

「母が与えてくれたものです」

そのとき一心斎の目が少し光った。だがすぐに温和な表情に戻った。

「そうか。この短刀のいわれを聞いたか」

「いえ。修行の旅に出る直前に与えられたものですので。それに母は心の臓の病いで臥《ふ》せっております」

一心斎は何もいわずに、無骨な反りのない刀身を庭から漏れ入ってくる生まれたての白い陽光に向けた。

「その鍔元《つばもと》、鎺《はばき》のところに妙な紋が彫られています。俵が六つ積まれているようなー」

「これは俵ではない。星だ」

「星、ですか」

「六つ星《むぼし》だが、俵のように変形にしてあるのは、一家の定紋とは違う独自なものに仕立てたかったからであろう。越後北条《ほうじょう》家に一文字三つ星があると聞いているがそれとも違う」

　床板に座っていた一心斎は、顔を上げると口元を緩ませた。

「兼光にはまがい物が多いがこれは本物だ。おそらく景勝《かげかつ》が所有していたうちのひとつだろう」

「景勝ですか？」

　誰だったか、と和三郎は思った。

「上杉謙信《うえすぎけんしん》の甥《おい》じゃ。とまれ、儂は二十年近く前にこれと同じ脇差を見たことがある。これを差していた武家は儂に教えを乞うてきたので、一手手合わせをしたことがある」

　和三郎は唾を飲んで一心斎の言葉を聞いていた。体の奥深くからジンジンと痺《しび》れが走り、それが喉元までせり上がってくる。自分は今、ひどく大切で慎み深いものに出会おうとしていると感じた。

「豪剣の持ち主であったな。惜しむらくは気持ちに荒みがあった。おぬしと同じ越前野山の者でな、確か五代目藩主の家系に通じる者であった。姓名は忘れたが苗字《みょうじ》は儂と同じ中村といったな。或《あ》いは六代目の腹違いの弟かもしれん」

「………」

「そうだ。北山の館に住んでおったな。そこに妻ではない女がおった。赤子を抱いていたな、茶を馳走《ちそう》になったが出された草餅《くさもち》がうまかった。美しい女であった。儂は中村という武家が強奪してきた娘であろうと推察したものじゃった」

一心斎は気持ちよさそうに笑い声をたてた。

（その人は、母だ。うらの母だ）

全身が硬直していた。頭の中が渦で白濁していた。そのまま失神してしまいそうだった。

（では、中村という北山の館の主とは誰だ。安光院《あんこういん》様の弟かもしれないとはどういう意味だ。それに何故、母かもしれない人が父とは違う男のところにいたのだ。この人は一体何を知っているというのか）

叫び声が胸の中で上がった。

「岡様。岡和三郎様」

背後から呼ぶ声がした。かろうじて体を振り絞って振り返ると、青八が暖簾《のれん》を片手で持っている。その向こうにふたつの姿があった。

「あの親子が見送りに来ました」

「あ、ああ」

和三郎は上がり框《がまち》に置いてある荷物を取り、背中に回すと防具袋を担いだ。

一心斎が脇差を戻してきた。

「この旅も何か訳がありそうだな。いよいよ逃げ場がなくなったら八丁堀《はっちょうぼり》にある儂の道場に身を隠すと良い」

「江戸に道場があるのですか」

「あるのだ、名前だけのな。儂の居所は大抵神道無念流の戸賀崎《とがさき》道場に行けば分かるだろう」

一心斎はそういうと床板から立ち上がり、奥の居間に向かった。

和三郎は脇差を腰に差すと、宿の暖簾をくぐって表にでた。親子がそこに佇んでいた。母親が頭を深々と下げた。和三郎はその手を取り、「お達者で」とだけ囁いた。その母親は娘の耳元で何か囁くと、娘を前に押し出した。

和三郎は娘を抱いた。娘の手が上がり和三郎の袖を取った。しっかりと握りしめる娘の力が伝わってきた。和三郎は娘の手を取った。

「生きるんだ」

途端に娘の見えない目から大粒の涙が溢れ出した。和三郎はもう一度娘を強く抱いた。細い背中が震えていた。

宿を出る頃には六ツ（午前五時頃）になっていた。東の空から燃え出した朝日が一直線に和三郎の目を刺してくる。そのまま通りに出ようとした和三郎を青八が呼び止めた。立ち止まると芸者とふたり、にやにや笑って見つめている。

「旦那、五両、五両」

片手を開いて頭を下げた。そうか、といって和三郎は一心斎からもらったばかりの巾着を開いて中を覗《のぞ》いた。すると青八も覗き込んできた。十両を取り出してもまだ、ずっしりとした重みがあった。旅に出たときより重いようだった。

「東両国《ひがしりょうごく》でも興行をすることがあるんでさ。ぜひ『天笠一座《あまがさ》』をお忘れなく。旦那なら木戸銭はいりませんよ」

その青八の送り言葉が修行旅の最後になった。

五

和三郎は丸二日かけて二十里（約七十九キロ）の東海道を急いで品川宿に入った。問屋場《といやば》の多い南本宿を過ぎて北本宿で旅人宿を取った。風呂で汗を流した後、飯を食いながら暗い海を眺めた。台場《だいば》には岡崎藩の石川久之助《いしかわひさのすけ》や小山内辰之介《おさないたつのすけ》もいるかもしれないと、彼らとの交流を深めた御油の宿での出来事を思い出していた。

隣の部屋から酒盛りをする元気な男たちの嬌声《きようせい》が聞こえてきたが、腹の膨れた和三郎は満足して五ツ半（午後九時頃）になると眠っていた。

翌朝、江戸に入った。

まず、本所菊川町《ほんじよきくかわ》にある土屋家下屋敷を探るのが先決なのであるが、うかつに近づいては反忠直公の敵方の待ち伏せに遭いかねない懸念があった。それに和三郎は江戸の地理には不案内なのである。

それで江戸に入ったら、倉前秀之進がおもんを通して伝えてくれた、鉄砲洲にあるという安芸国蔵屋敷を訪ねて身を潜めていようとずっと考えていた。それが無理なら一心斎師匠が教えてくれた戸賀崎道場に、無理やり弟子入りして道場の片隅にでも居候《いそうろう》を願い出るしかない。

高輪《たかなわ》の大木戸を過ぎるとそこは江戸の府内になる。旅人の間をゆっくりと歩みながら、和三郎はそっと高ぶる胸の動悸《どうき》を抑えた。ここまで来るのにおよそひと月を要した。長い旅だった。戦さと血にまみれた旅でもあった。

大木戸の高い石垣を見上げながら、青い空を悠々と舞う鳶《とんび》の影を目を細めて眺めた。あれが江戸の鳶だ、とそう思った。

目を転じると品川沖に白い帆を張った船が数十隻と浮かんでいる。立ちどまってぼんやりと見ていた。

「岡様ではないですか」

すぐ耳元でそう呼びかける女の声がした。和三郎は黙って声の主を探った。そこに目を瞠《みは》るほど美しい娘が佇んでいた。菅笠《すげがさ》の端を上げて、和三郎を見上げる黒い瞳が少し潤んでいる。きれいに整った鼻筋と形よく収まった唇が娘の育ちのよさを表していた。

そうだが、と胸の中で呟いたとき、和三郎の脳天を雷光が貫いた。一度だけ暗い灯《あか》りの中で見ただけだったが、忘れようがない面影が不意に光の中に現れた。

「あなたは……」

「沙那です。原口耕治郎の妹です」

「ど、どうしてあなたがここにおられるのです」

兄の四十九日を終えてから江戸に向かうのではなかったのか、と胸の中でうろたえた。

「高輪の大木戸で待っていれば、きっと岡様にお会いできると思いまして」

「いつからここにおられるのです」

「昨日です。昨日の朝、江戸に参りました。まさかこんなに早く岡様にお会いできますとは」

「とにかくこちらへ」

旅人たちが物珍し気にふたりを見ている視線を感じて、和三郎はすかさず沙那の肩を押して茶屋に誘った。沙那の細い肩の骨が掌《てのひら》に食い込んだように感じた。

「何があったのですか」

「組頭様に突然呼び出されて、至急江戸に行くように申しつけられました」

「組頭？」

「はい、馬廻《うままわ》り組頭の工藤四郎右衛門《くどうしろうえもん》様です」

茶屋の女が来たのでとりあえず茶を頼んだが、口ごもってしまい女の耳には届かなかった。その間も沙那は和三郎をその潤いのある憂いを含んだ瞳でずっと見つめている。

和三郎の動悸がぶり返した。

「甘酒をくれ。ふたつだ」

ようやくそういった。

解説

縄田一男

本書『和三郎江戸修行　開眼』は、昨二〇一九年八月、集英社文庫から書き下ろし刊行された『和三郎江戸修行　脱藩』に続くシリーズ第二弾で、今回も、飛び切りの快作に仕上っている。

そこで、前作同様、私には作品をして作品を語らしめる以外、手がないので、是非とも本文の方を先に読んでいただきたいと思う。

さて、『脱藩』のラストは、和三郎が、坂本竜馬《さかもとりようま》と井伊《いい》家との闘争に巻き込まれ、とんだ乱闘になるところで幕となったが、この時点で竜馬を登場させるということが、実は、作者の綿密な計算に基づいているのである。

というのは、ここで明かすことはできないが、史実上、竜馬は後に、本書で登場する、ある重要な人物と接触を持つことになるからだ。

それはさておき、浜松《はままつ》から見付《みつけ》宿に入り、生まれてはじめて、富士を見て、感動しきりの和三郎は、その一方で、黒船騒ぎで江戸から逃げてきた町人一家と出会う。そして、自分や茶店でくつろいでいる人々と、黒船体験により切迫している者たちとの温度差を知る——すなわち、また少しだけ、社会というものに視野を広げていくのである。

本書が和三郎の成長譚《たん》として描かれている所以《ゆえん》であろう。

さて、不覚にも町人のならず者に手傷を負わされた和三郎は、ようやく漢方医を見つけて傷口の手当てをしてもらうが、その医師、大内《おおうち》から、藤枝《ふじえだ》宿まで、恩師である老爺《ろうや》、順斎《じゆんさい》と娘キネを送り届けてもらいたいと依頼される。やむなく引き受けたものの、この老人、こちらが気遣ってふり向くと睨《にら》み返してくる、といった具合にまるで剣呑《けんのん》なのである。

とにかく話をどんどん勝手に進められ、老人と娘は秋葉山《あきはさん》の大天狗《おおてんぐ》を参詣するので、おまえは掛川《かけがわ》の剣術道場にゆけ、といった安配なのだ。

とまれ、和三郎は、掛川藩の藩道場で立ち合いをすることになり、宗像太三郎《むなかたたさぶろう》と共に汗を流すことになった。そこで、藩の『知方組《じかたぐみ》』の連中に稽古をつけてくれるように頼まれる。

そして稽古が終わり、——もっとも、その中に一人だけ、異質な匂いを放つ剣客がいたのだが――ほっと一息ついたものの、和三郎には、修行人に身をやつしつつ、江戸家老や留守居役など、屋敷の動勢を探りながら、密《ひそ》かに殿の嫡子土屋直俊《つちやなおとし》殿を亡き者にしようとする魔の手からお護《まも》りせよ、という密命が頭から離れない。

が、それも束《つか》の間《ま》――。

大井川《おおいがわ》の手前で老人と孫娘と再会し、すったもんだの挙句、ようやく川を渡ると、藤枝に知り合いがいるというので付いていけば、立派な門構えの豪農の屋敷があり、やれやれと思う間もなく、老人と孫娘と、和三郎との扱いには天と地ほどの差があるではないか。勿論《もちろん》、地は和三郎の方である。

しかし、剣難は向こうの方から和三郎を襲ってくる。

夜陰に乗じて、老人と孫娘に襲撃を仕掛けて来たのは、何と立ち合いをした『知方組』の連中で、その首領は宗像太三郎ではないか。そして明らかになる密書の存在、さらに、里隠れの隠密《おんみつ》と『知方組』の争闘等々。

が、ここで肝心なのは老人が最期にいった台詞《せりふ》――「最初の者はわしを狙った。じゃが、あとから来た者はおまえを狙っておった。あれは大目付の手の者ではない。おまえの命を狙う刺客じゃった」（傍点引用者）である。

そして、いよいよ本書の圧巻ともいうべきくだりが、第二章「宇津谷《うつのや》峠の学者」と第三章「学なり難し」である。

ここに一人の奇異な学者が登場する。

雨に降り込められて入った狭い地蔵堂の中、そこに居合わせたのは、長州《ちようしゆう》の吉田松陰《よしだしよういん》――だが、いま記した学者は松陰のことではない。彼の存在を知るや、「窪《くぼ》んだ眼窩《がんか》から、今にも鶏卵が飛び出しそうなもの凄《すご》い目付きで」、「睨みつけてくる」男、横井小楠《よこいしようなん》である。そして、この二人がケンケンガクガクと学問についで話しはじめたとき、和三郎は「一体この人たちは何者だ、と首から上が地蔵堂の天井を突き破って、黒雲に噴射するような衝撃を覚えた。膝がガタガタと震えている。それは高揚しそうな程の畏怖のようなものだった」という思いにかられる。

ああ、良きかな、青春のおののき。

そして、間もなく吉田松陰は退場するが、残ったのが横井小楠――ここから、第二章、第三章は、「岡和三郎、横井先生に喰《く》らいつかれるの巻」とでもいうべきストーリーが展開する。

うっかり、「おい、若かばい、早うせんか。江戸に参るぞ」と小楠先生のことばに従ってしまったのが運の尽き――。

府中《ふちゅう》の廓《くるわ》で「では、ここに上がってわしの講義を聴くのじゃ」とやらかしはじめたら、もう止まらない。「剣とはすなわち朱子学の」云々《うんぬん》とは結構な御高説だが、やれ、講義代を置いていけなどと、本音で話すことは、やけに俗っぽい。

和三郎は、その合間を縫って、刀を研ぎに出すが、このさり気ない研ぎ師とのやりとりなど、時代小説ファンにはたまらないところだ。

そして、小楠先生と別れた和三郎は、駿府《すんぷ》城下を見物し乍《なが》ら、自分は、本物の密使を安全に江戸へ向かわせるための囮《おとり》、すなわち、捨て駒だったのではないかと思い当たる。さらに思いは母の差し出した由緒ありげな白鞘《しらさや》の脇差へ……。

そして駿府城下の林《はやし》道場に赴いた和三郎は、ここで修行をしている下級武士や百姓たちと、夜、祝杯をかわすことを約して宿へ帰るが、また出た小楠先生が。それも二両三分二朱の廓の付け馬を連れて。そしてはじまる儒教の講義。さらに講義は、交易を申し込んでくる国の正体や、外国語を覚えることの必然性にまで広がっていく。だからして、今こそ改革が必要なんじゃ、といって先生、酔いつぶれてしまう。

一方、和三郎は、その姿から、「この二年間に及ぶ諸国遍歴の旅の厳しさが、横井の酔態から想像できた。この方は余程つらい人生を重ねてきたのだな」と思う。彼の素直さである。

明けて次の日、研ぎ師のもとへ刀を取りに行った和三郎は、自分がたばさんでいた刀の本当の顔を見ることになる。

そして再び小楠先生と二人旅。途中の茶店で餅を喰っていると、酒の匂いをかいだ先生が浮かない顔をしているので、「少し、やりますか」といったのが運の尽き。今度は、蛮社《ばんしや》の獄《ごく》といった蘭学者《らんがくしや》への弾圧を語りはじめ、意外にも、鳥居《とりい》耀蔵《ようぞう》を少しばかり、擁護していることを知る。そしてモリソン号事件を何故《なぜ》知らんのじゃ、とまくし立てる一方で、「どこん国でも民ば富ますことから始めんばならん」と名言を吐く。さらに話は大塩平八郎《おおしおへいはちろう》の乱——。

そして旅が水野《みずの》家五万石の沼津《ぬまづ》城下に入っても、講義は終わらぬ。荘子《そうし》や老子《ろうし》、当々、陽明学から西洋兵学……そして和三郎がびっくりしたのは、小楠先生でも人、すなわち、山田方谷《やまだほうこく》を褒めることもあるのだな、という一点。

が、その一方で小楠先生、和三郎に人の恨みを買ったことがあるかと、彼を狙う刺客の存在に気づいているのだから大したものだ。

そして怪しの刺客が捕えられる一方で、小楠先生、家禄《かろく》断絶の危機の知らせが届き、急きょ、和三郎との別れを迎えることに。そして、立ち去った先生が、最後に持っていったものに読者は微笑《ほほえ》みを禁じ得ないであろう。

　長々とてんまつを述べてきた二つの章は、この巻の要ともいうべきところで、私はこのくだりに作者の余裕すら感じざるを得ない。

　何故なら、横井小楠というこの偉大なる学者の業績、言行、思想を杓子《しやくし》定規に記していったらどれだけ退屈なことであろう。作者はそれを充分、承知の上で、和三郎とのユーモラスな道中で開陳してみせたのである。学問の徒・横井小楠と人間・横井小楠を、読者は楽しみつつ理解されたのではないだろうか。

　そして、ユーモアの後には、心温まる交流が待っている。

　沼津藩の藩校道場での茂木《もぎ》治助《じすけ》たちとの出会いや、黒船警備に狩り出される治助の送別会での人々の和――それは和三郎にとって、（ああ、この人たちはいいなあ）と感じさせるものだった。

　が、彼らは一様に貧しい。それを思うとき、和三郎の耳に谺《こだま》するのは、小楠先生のいった（政治とは貧しいものを富ませることから始めるのじゃ。それを学ぶために学問がある）ということばに他ならない。

　そしてどこか悔しさの残る別れ。

　さて、残りの二章、「妖怪の不二心《ふじしん》流」と「開眼、そして江戸へ」は、剣豪小説のうま味をたっぷりと味わわせてくれる。

まず、和三郎が出会《でくわ》したのは、第一巻『脱藩』の最終章「幻の剣客」で岩屋《いわや》観音の岩山山頂で見た謎の老剣客、中村一心斎《なかむらいっしんさい》である。和三郎は、一心斎の指示通りに動いて、辛くも、盗賊の人質にされた母と盲目の娘を救い出すことに成功する。

が、和三郎は、そのとき、一心斎がふるった剣の技を、あれは妖怪の仕業ではない、神が起こした剣聖の技だったと感じ入り、弟子入りを懇願する。

そして、やんぬるかな、秘剣の極意とでもいうべきものを知らされる——それは現実には不可能であっても紙の上のリアリティは見事に成立しているのである。

それも束の間、盲目の娘に「生きるんや」と一言いって去った和三郎を江戸で出迎えたのは、正しく意外な人物だった。

旅は人を大きくすることを記して、二巻にわたるこの詳細な道中記も幕を閉じる。そして、脱藩時より、一回りも二回りも大きくなった和三郎は、江戸屋敷の陰謀をどう捌《さば》くのか。三巻目が楽しみでならない。


（なわた・かずお／文芸評論家）

集英社文庫

和《わ》三《さぶ》郎《ろう》江《え》戸《ど》修《しゅ》行《ぎょう》　開《かい》眼《がん》

2020年2月25日　第1刷　　定価はカバーに表示してあります。

著　者　高《たか》橋《はし》三《み》千《ち》綱《つな》

発行者　徳永　真

発行所　株式会社 集英社

東京都千代田区一ツ橋2-5-10　〒101-8050

電話　【編集部】03-3230-6095

【読者係】03-3230-6080

【販売部】03-3230-6393(書店専用)

印　刷　凸版印刷株式会社

製　本　凸版印刷株式会社

フォーマットデザイン　アリヤマデザインストア　　マークデザイン　居山浩二

ISBN978-4-08-744085-0 C0193